Miss Frizz

Entre rires et larmes

Biographies

L'auteur : Lia Celi vit en Italie. Elle aime les livres, les gâteaux, les chats et les films en noir et blanc. Ses trois enfants se demandent comment elle trouve le temps d'être journaliste, traductrice et auteur, parce qu'elle en a toujours pour cuisiner et faire le ménage !

L'illustratrice : Sophie Lebot est née à Rennes. À 18 ans, des pinceaux dans les cheveux et des pastels plein les poches, elle est venue à Paris pour apprendre le dessin. Depuis, cette petite femme fluette, pipelette et assez coquette vit dans l'Oise, et passe son temps à illustrer des albums et des romans, publiés aux éditions Milan et Lito.

L'éditeur remercie vivement Émilie Polidor,
entraîneur de patinage artistique, diplômée d'État BEES 1er degré,
pour sa relecture attentive.

Titre original : Ice Magic –*Kiss and cry*
© 2009, Edizioni El S.r.l, Trieste, Italy
Tous droits réservés.
Reproduction même partielle interdite.
© 2011, Bayard Éditions pour la traduction et les illustrations
Dépôt légal : avril 2011
ISBN : 978-2-7470-3076-2
Loi n° 49-956 du 16 juillet 1949 sur les publications destinées à la jeunesse.
Imprimé en Espagne chez Novoprint

Lia Celi

Miss Frizz

Entre rires et larmes

Traduit de l'italien par Marie Giudicelli
Illustrations de Sophie Lebot

bayard jeunesse

Ma famille

Mon groupe de patinage, les Perce-Neige

1. Raconte-moi ton sport

La salle de gym se remplit peu à peu. Nos camarades du CM2 C sont assis en tailleur sur le parquet. Derrière eux arrivent le CM2 A et le CM2 B. Trois groupes qui, dans quelques minutes, ne seront plus que deux : le groupe I, c'est-à-dire les « Intéressés », rassemblés aux premiers rangs, et le groupe

J ou les « Je-m'en-fiche », qui occuperont les rangs derrière. Pour eux, l'heure qui va suivre sera une sorte de récréation. Les garçons ont déjà sorti consoles et jeux de cartes ; les filles, quant à elles, aiguisent leur langue en vue d'un véritable marathon de bavardages. Tant pis pour eux !

Solène me donne un coup de coude :

– Ada, Uli, regardez qui est au premier rang !

– Armand, du CM2 A ! Le plus beau garçon de l'école ! Quel honneur…

– Zut, justement le jour où j'ai un bouton sur le nez ! Je ressemble à une sorcière !

– Allez, Solène, ce n'est quand même pas le concours de Miss France ! On va seulement parler de patinage.

C'est la première fois que nous animons « Raconte-moi ton sport » : chacun leur tour, ceux qui en pratiquent un expliquent aux autres en quoi il consiste.

– Quand Armand nous a parlé de la planche à voile, on était aussi au premier rang, rappelle Ulrike.

– Et pourquoi ? Parce qu'il est mignon, évidemment ! s'exclame Solène. Qui peut bien s'intéresser à la planche à voile ?

Je proteste :

– Moi, ça m'intéresse. Ce sport a l'air génial. Peut-être qu'Armand pense la même chose du patinage artistique.

– N'importe quoi ! Moi, je dis qu'il aime bien l'une d'entre nous.

Je fais les gros yeux à Solène :

– Arrête de le fixer ! Regarde plutôt les filles du club de danse : elles se sont mises au dernier rang, uniquement pour nous montrer combien elles nous apprécient.

Ulrike soupire :

– Vous savez quoi ? Je suis dans votre classe depuis trois mois et je ne comprends toujours pas pourquoi Anaïs, Rose et Clarisse vous en veulent autant.

– Parce qu'elles sont idiotes, dis-je, pour résumer.

– Parce qu'avant, je faisais de la danse avec elles dans une école super chic, explique Solène. Et puis un jour, j'ai décidé que je préférais aller à la Magic avec Ada, et elles l'ont très mal pris.

– C'est bien ce que je disais : elles sont idiotes.

Franck, le prof de sport, s'approche de nous. C'est lui qui organise les séances de « Raconte-moi ton sport ».

– Allez, petites fées des glaces, c'est le moment de commencer ! Avez-vous apporté vos patins pour que les autres puissent les voir de près ?

Je me frappe le front :

– Quelle nouille ! Je les ai oubliés…

En fait, je n'ai jamais eu l'intention d'apporter mes précieux Koning à l'école : j'ai bien trop peur qu'Anaïs écrive des insultes dessus au feutre indélébile.

– Moi, je les ai apportés ! dit Ulrike.

Le public est au complet. Une soixantaine de filles et de garçons, assis en demi-cercle autour de trois chaises qui nous sont destinées. S'il n'y avait pas d'espaliers ni de tapis de sol, on pourrait se croire dans une émission de télé.

Franck demande le silence :

– Bon, les enfants, ceci est la cinquième rencontre de « Raconte-moi ton sport ». Vous êtes nombreux à en pratiquer un après l'école, et chacun d'entre vous est persuadé d'avoir choisi le plus beau du monde. Mais il y a quantité de disciplines et toutes sont intéressantes. Voilà pourquoi je vous invite à parler de la vôtre, à échanger vos expériences, vos rêves. Après le foot, l'escrime, la planche à voile et le tennis, nous allons discuter d'un sport très apprécié, surtout par les filles : le patinage artistique sur glace. Trois élèves du CM2 C vont nous en parler : Ulrike d'Aurécourt, Solène Parma et Ada Rinaldi. On applaudit nos patineuses !

Encouragées par la présentation du prof, nous allons nous asseoir. Pour rendre la rencontre plus vivante, Franck nous soumet à une espèce d'interview. Évidemment, sa première question est : pourquoi avoir choisi le patinage artistique ?

MOI : Pour moi, le déclic a été un spectacle sur glace qui passait à la télé, le *Crystal Circus*. J'en suis folle depuis que je suis toute petite. C'est pour ça qu'à six ans et demi j'ai demandé à mes parents de m'inscrire à une école de patinage, la *Magic Ice School*.

FRANCK : Si on t'avait dit qu'un jour toi aussi tu patinerais dans le fameux *Crystal Circus*, tu y aurais cru ?

MOI : En fait, je n'y crois toujours pas ! Je dois regarder de temps en temps le petit film tourné par mon frère pour me convaincre que tout ça était bien réel...

(Même le groupe des « Je-m'en-fiche » tend l'oreille. Le mois dernier, le *Crystal Circus* a organisé dans notre ville un spectacle dans lequel j'ai eu un petit rôle. Les journaux locaux en ont parlé, et désormais, à l'école, je suis une célébrité.)

FRANCK : Par contre toi, Ulrike, tu es tombée dans la marmite quand tu étais petite...

ULRIKE : Oui, ma mère était une ancienne championne. C'est elle qui m'a enseigné le patinage. Après sa mort, j'étais tellement abattue que, pendant un an, j'ai arrêté de patiner. Puis, grâce à Ada et Solène, j'ai compris que continuer à pratiquer le sport de ma mère me permettait de me rapprocher d'elle.

C'est au tour de Solène de répondre.

SOLÈNE : Moi, j'ai choisi le patinage artistique parce qu'Ada en faisait.

FRANCK : C'est la seule raison ?

SOLÈNE : Non, bien sûr ! J'aimais bien les petites robes super mignonnes que portent les patineuses !

À l'écouter, on ne croirait pas que Solène est la meilleure élève de notre cours et qu'elle a aussi de très bonnes notes à l'école. Pourtant, elle est comme ça : ça l'amuse de jouer le rôle de la blonde idiote, surtout quand il y a un garçon qui lui plaît, assis au premier rang.

Mais Armand n'a pas l'air très intéressé. On dirait même qu'il s'ennuie.

– S'il a un faible pour l'une d'entre nous, il le cache bien, chuchote Ulrike.

Franck nous interroge sur les aspects

techniques de notre sport : la préparation, la manière de lacer les patins et les exercices de base. L'heure passe très vite.

Enfin, il s'adresse au public :

– Est-ce qu'il y a des questions ?

Dans le groupe I, plusieurs mains se lèvent. Quelques-unes également dans le groupe J. Même Anaïs, l'une des trois filles du club de danse, se manifeste, mais c'est seulement pour demander la permission d'aller aux toilettes.

Le patinage artistique attire toujours les questions stupides, et mes copines et moi avons parié un Coca sur la plus bête du jour.

Moi, j'ai parié sur : « Les garçons qui font du patinage sont-ils bizarres ? », et Ulrike sur : « Peut-on utiliser les lames des patins pour couper le saucisson ? » Solène, quant à elle, a misé sur : « Le patinage fait-il grossir les fesses ? »

Mais – oh, surprise ! – nos camarades nous posent des questions sensées, du style :

– Vous êtes-vous déjà vraiment blessées en tombant sur la glace ?

– Jamais. La première chose qu'on nous enseigne, c'est comment tomber sans se faire trop mal. Tant que tu ne sais pas tomber, tu n'apprends pas à patiner.

– Quel est le saut le plus compliqué ?

– L'axel, parce qu'il faut se lancer en avant, ce qui fait assez peur. Mais tous deviennent difficiles quand on passe aux doubles et aux triples sauts.

– Vous n'avez pas la tête qui tourne quand vous faites des pirouettes ?

– Non, car nous fixons un point de repère.

– Sur la piste, il fait froid comme dans un congélateur ?

– À la Magic, notre école, on ne peut pas dire qu'on ait très chaud, mais après les échauffements, il nous suffit d'enfiler un pull et éventuellement des gants de laine.

Soudain, je m'aperçois qu'un murmure parcourt l'assistance. Un des élèves du dernier rang a fait circuler un petit mot qui passe de main en main, jusqu'à Armand. Je n'aime pas du tout ça : je suis sûre que le bout de papier provient du trio du club de danse ! Armand le déplie et ricane en le lisant. Puis il lève la main, saisit le micro qu'on lui tend et demande :

– Est-ce que c'est vrai que le patinage fait grossir… hé, hé… les fesses ?

Tout le monde éclate de rire. Armand regarde autour de lui, satisfait de son succès. Nous sommes abasourdies : on ne se serait jamais attendues à ça de sa part. Je m'apprête à lui envoyer une réponse bien sentie, du genre : « Tu es tellement bête qu'on doit même te souffler les questions idiotes ! », mais la sonnerie retentit. Nos camarades sortent de la salle de gym et se dispersent dans un joyeux brouhaha. Quelques filles nous remercient. Peut-être les verra-t-on bientôt exécuter des citrons sur la piste de la Magic…

Franck nous félicite :

– Si vous faites des compétitions, j'irai vous voir. L'une d'entre vous participera-t-elle à la Coupe de l'espoir ?

La Coupe de l'espoir a été créée pour venir en aide aux personnes atteintes de la sclérose en plaques. L'argent des entrées est reversé à la recherche contre cette maladie.

–Non, dis-je, nous ne sommes pas assez fortes : la Coupe de l'espoir est réservée aux jeunes talents de la région. Par contre, nous aurons bientôt une autre compétition : le Trophée des quatre provinces. En ce moment, notre entraîneur ne nous laisse pas un instant de répit…

Pendant qu'Ulrike et moi parlons avec Franck, Solène s'approche d'Armand. Je n'entends pas ce qu'ils se racontent, mais je vois qu'il est gêné.

Solène revient vers nous, toute contente.

Je ronchonne :

–J'espère que tu lui as fait la leçon, au moins !

–Non, dit Solène. Je l'ai remercié de m'avoir fait gagner mon pari.

–Et qu'est-ce qu'il t'a répondu ?

–Qu'il avait fait un pari, lui aussi, mais il l'a perdu : voilà pourquoi il s'est mis au premier rang.

–Et il a le toupet de l'avouer !

– Il a été sincère, réplique Solène. Il avait parié avec un copain qu'il aurait 7 à un contrôle de maths, mais il n'a eu que 6. Il en avait assez d'être au milieu de filles, à écouter parler de patinage, quand le petit mot lui est arrivé entre les mains. Alors, il a eu envie de rigoler. Le pauvre, il faut se mettre à sa place !

– C'est vrai qu'à force de faire de la planche à voile il doit avoir du vent jusque dans le cerveau ! dis-je.

– Bon, quoi qu'il en soit, Ada et moi, on te doit un Coca, conclut Ulrike alors que nous rentrons dans la salle de classe. On n'a qu'à se donner rendez-vous dimanche dans un café du centre.

Solène fait la moue :

– J'ai proposé samedi à Armand.

Je la regarde avec des yeux ronds :

– Qu'est-ce qu'Armand vient faire dans cette histoire ?

Solène prend un air béat :

– Je l'ai invité à venir avec nous !

2. La Coupe de l'espoir

La catégorie « beaux garçons de l'école » ne me fait aucun effet. J'en ai un spécimen à la maison : c'est Alex, mon frère aîné. Toutes les filles de sa classe lui courent après. Je ne comprends pas ce qu'elles lui trouvent : il n'est pas particulièrement beau. Bon, c'est vrai qu'il est assez musclé pour un garçon de quinze ans, mais c'est seulement parce qu'il pratique la natation depuis longtemps. Et puis, s'il ne rabattait pas ses cheveux sur ses tempes, on verrait qu'il a les mêmes oreilles que Dumbo. Ça m'étonnerait aussi que les filles soient attirées par ses idées d'écolo, du style « À bas les voitures », « Non aux fast-foods » et « Oui au tri sélectif ». Bien sûr, tout cela est important, mais ce genre de discours donne plus la réputation d'un enquiquineur que d'un bourreau des cœurs. En fait, je crois que ce n'est pas Alex qui plaît aux filles, c'est la pâtisserie de nos parents, La Viennoise, l'une des plus renommées de la ville. Elles pensent que sortir avec Alex leur offrira un billet gratis pour le paradis des gâteaux.

Quand je le taquine avec ça, Alex réplique :

– Si c'était vrai, toi aussi tu aurais plein de fans, Miss Frizz ! Pourtant, on ne peut pas dire que ça se bouscule au portillon !

– Évidemment ! Les filles aiment le sucre !

– Si les garçons aimaient ce qui est aigre, tu imagines combien te courraient après ?

Généralement, à ce moment-là, je saisis le premier objet qui se trouve à ma portée et je le lance sur mon frère. Mais aujourd'hui je dois me retenir : on est en train de goûter à l'une des tables de La Viennoise, sous les yeux de ma mère qui s'affaire derrière le comptoir.

Je grommelle :

– Si tous les garçons sont comme Armand, alors ils ne m'intéressent pas… Et dire que, samedi, je vais être obligée de boire un Coca avec lui pour faire plaisir à Solène !

– Tu n'as qu'à pas y aller ! dit Alex

– Ça ne serait pas sympa pour Uli : elle se retrouverait à tenir la chandelle…

À cet instant, ma mère nous apporte des jus d'orange. Alex les regarde de travers :

– C'est du jus de fruit en brique, hein ? Tu sais que ce truc a une empreinte écologique cent fois supérieure à celle du jus de fruit maison ?

J'écarquille les yeux :

– Empreinte écologique ?

– C'est le poids environnemental d'un produit. Le jus d'orange industriel est confectionné avec des oranges cueillies dans un pays, pressées dans un autre et mises en brique dans un carton fabriqué dans un troisième. Le seul fait de transporter les oranges d'un pays à l'autre nécessite des tonnes de carburant qui coûtent cher et polluent. Si l'on presse ses oranges soi-même,

l'influence du jus sur l'environnement est donc bien inférieure.

– Tu m'as convaincue, ronchonne ma mère. La prochaine fois, tu la feras toi-même, ton orange pressée !

Alex lui passe un bras autour de la taille :

– Mais ce n'est pas à toi que j'en veux, maman, c'est aux patrons de l'industrie alimentaire qui veulent nous faire consommer toujours plus. Comme celui-là, par exemple.

Mon frère prend un journal sur la table voisine et nous indique une publicité en première page : *Augustin Chazac, le top de la charcuterie !*

– Et alors ? s'étonne ma mère. C'est une entreprise locale dont les produits sont excellents.

Alex s'enflamme :

– Seulement pour les carnivores ! Pour sauver la planète, on devrait tous devenir végétariens ! Et que fait Augustin Chazac ? Il nous gave de jambon ! Et puis regarde le logo absurde de la marque : un cochon mangeant une tranche de saucisson ! Un porc cannibale ! J'ai mal au ventre rien qu'à le regarder !

Il n'a pas tort. Ce cochon tout heureux de manger un membre de sa famille me met un peu mal à l'aise, moi aussi.

Alex se lève :

– J'y vais, sinon je vais être en retard à la piscine.

Ma mère se tourne vers moi :

– Et toi, Miss Frizz, tu ne dois pas aller t'entraîner à la Magic ?

– Si, la maman de Solène va m'y emmener. Elle devrait arriver d'un moment à l'autre.

On ne peut pas dire que la Magic se trouve dans un beau bâtiment. C'est une espèce de hangar carré, marron clair, et de loin, on le confond avec les entrepôts de la zone industrielle qui l'entoure. Avant d'être transformé en école de patinage, il était occupé par le concessionnaire André Sandernot. Mais Maxime, son fils, a toujours préféré les patins aux voitures. C'est au prix de mille sacrifices qu'il est parvenu à se faire un nom dans le patinage artistique. Après une carrière d'athlète et d'entraîneur, il a utilisé ses économies pour offrir une patinoire à notre petite ville : désormais, ceux qui veulent apprendre à patiner ne sont plus obligés d'aller loin, comme lui quand il était jeune.

J'aimerais bien avoir Max pour entraîneur, mais il chausse rarement ses patins : diriger une école de patinage, même petite comme la Magic, est un travail très prenant. Les cours sont dispensés par Agathe. Elle s'occupe, entre autres, de notre groupe, les Perce-Neige. C'est une excellente prof, mais elle a trop le caractère d'une sorcière pour qu'on se sente à l'aise avec elle. Violette, l'une de mes copines qui n'a pas la langue dans sa poche, prétend que Max l'a engagée pour faire des économies sur le compresseur à glace : « Il suffit qu'Agathe fixe la patinoire pour que la glace se forme », dit-elle.

Aujourd'hui, d'ailleurs, alors que nous

nous apprêtons à commencer l'entraînement, Agathe est si froide que son regard pourrait congeler l'Équateur.

Je demande à Violette :

– Qu'est-ce qu'elle a ?

– Elle en veut à ma sœur.

Violette jette un coup d'œil vers une jolie jeune fille aux cheveux blond vénitien relevés en chignon, qui se tient au fond de la piste. Elle a l'air de mauvaise humeur, elle aussi.

Solène écarquille les yeux :

– Agathe est en colère contre Rebecca, son élève préférée ? Pourtant, elle n'a pas perdu une seule compétition de toute la saison ! Tout le monde dit qu'elle remportera la Coupe de l'espoir cette année…

– C'est bien le problème : Rebecca ne veut pas y aller.

– Quoi ? s'exclame Solène.

Agathe est si furieuse qu'elle ne nous a même pas remarquées. Elle s'emporte contre Rebecca :

– Tu ne peux pas reculer maintenant !

VESTIAIRE

C'est une compétition trop importante, et Max compte sur toi !

– C'est inutile que j'y aille..., pleurniche Rebecca. De toute façon, vous savez très bien que je ne remporterai pas la coupe. Ce sont toujours les mêmes qui gagnent, celles des écoles qui comptent.

– La Magic ne compte pas à tes yeux ? réplique Agathe.

– Bien sûr que si ! Mais les écoles des grandes villes nous snobent, nous les provinciales ! Elles ont elles-mêmes créé la Coupe de l'espoir qu'elles remportent à chaque fois. Jamais je ne pourrais gagner, même si j'étais la meilleure du monde !

Agathe prend une longue inspiration :

– Je sais bien. Voilà pourquoi la Magic n'a jamais envoyé personne à la Coupe de l'espoir. Mais au jour d'aujourd'hui, tu es la meilleure patineuse de la région. Tu ne remporteras sans doute pas la coupe, mais tout le monde verra que tu es la plus douée.

– Je m'en fiche. Seule la victoire compte ; c'est toi qui me l'as appris.

Agathe est totalement déconcertée, et Rebecca en profite pour se sauver dans les vestiaires.

– Touché ! ricane Violette.

Marius se tourne vers elle :

– Elle est folle, ta sœur ! Moi, je donnerais cher pour aller à la Coupe de l'espoir et je leur montrerais qui est le meilleur !

Vickie soupire :

– Peut-être qu'elle est juste fatiguée, après toutes ces compétitions…

– En effet, et elle en a encore deux ou trois avant la fin de la saison, explique Violette. Elle ne veut pas se fatiguer inutilement et passer du temps à s'entraîner pour une compétition perdue d'avance. Je la comprends, mais, en même temps, je meurs d'envie de la voir battre Pauline Rochefort et Amélie Lessay : quelles prétentieuses, celles-là !

Elle conclut en levant le poing :

– Le moment est venu de montrer au monde entier que la Magic est une grande école !

Tout occupée à son discours, Violette ne

s'est pas aperçue qu'Agathe s'est glissée à ses côtés :

– Bien dit !

Violette sursaute. Agathe continue :

– Puisque tu es si douée pour les discours, je suis certaine que tu réussiras à faire entendre raison à ta sœur.

Violette avale sa salive :

– Mais… heu… je ne sais pas si…

– Il n'y a pas de « mais » ni de « si », reprend Agathe. Tu ne dois pas la lâcher d'une semelle ! Il faut qu'elle ait changé d'avis dans les deux jours. Il n'y a pas une minute à perdre, je compte sur toi !

Aussitôt, notre entraîneur se tourne vers nous, alors que Violette, estomaquée, s'appuie contre la balustrade.

– Et maintenant, au travail, les Perce-Neige ! Le Trophée des quatre provinces arrive à grands pas !

Violette claque la porte du vestiaire derrière elle et laisse exploser sa colère :

– Ça m'apprendra à ne pas savoir tenir ma

langue ! Convaincre ma sœur ? Autant convaincre une mule !

– C'est vrai que vous n'êtes pas les meilleures amies du monde…, dis-je.

– Non, c'est sûr ! Quand je suis née, elle voulait me rapporter à l'hôpital ! Elle n'a jamais joué avec moi ; lorsque ses amies venaient à la maison, elle s'enfermait avec elles dans notre chambre. Je pleurais derrière la porte, et elles se moquaient de moi.

– Je connais bien le problème. Moi aussi, j'ai un grand frère.

– Oui, mais Alex et toi, vous ne faites pas le même sport, au moins ! Au moment où j'ai commencé le patinage, Rebecca était déjà la fierté de la Magic. Je n'ai ni son talent ni son physique. Et au lieu de m'encourager, elle fait tout pour me rappeler que je ne suis qu'une grosse patapouf bonne à rien ! Pourquoi elle m'écouterait ?

Vickie lui pose la main sur l'épaule :

– Essaie quand même. Si ça ne marche pas, ce n'est pas grave : Agathe ne croit pas sérieusement que tu réussiras là où elle a échoué.

Piquée au vif, Violette réplique :

– Je suis parfaitement capable de réussir. Je dois seulement trouver un moyen.

Du hall nous parviennent les voix des parents qui nous attendent pour nous ramener à la maison. Au moment où nous passons devant le bureau de Max, la porte s'ouvre sur un monsieur à la carrure imposante. Il doit avoir une soixantaine d'années et arbore une belle moustache poivre et sel. Derrière lui, Max a l'air d'un gamin.

– C'est entendu, monsieur Sandernot ? Allez, puisque nous sommes en affaires, nous pourrions nous appeler par nos prénoms, cher Maxime ! Moi, je m'appelle Augustin.

– Bien sûr, monsieur Chazac... pardon, Augustin. Venez, je vous raccompagne.

Augustin Chazac ? Ce nom me dit quelque chose. Justement, il s'aperçoit de notre présence :

– Alors, voilà nos futures championnes !

Puis il s'adresse à Solène :

–Toi, tu ressembles beaucoup à ma fille, Valérie, quand elle était petite ! Vous savez, Maxime, Valérie est folle de patinage ! C'est elle qui m'a incité à sponsoriser la Magic. Entre nous, j'aurais préféré une équipe de foot : le patinage, je n'y comprends rien. Mais vu ce que m'a coûté son école de publicité à Londres, je dois bien suivre les conseils de ma fille de temps en temps ! Elle dit que le patinage est un sport très chic, parfaitement adapté au… attendez… comment dit-elle déjà ? Ah oui, au *restyling* de notre marque.

Escorté par Max qu'il a pris par le bras, M. Chazac se dirige vers la sortie.

–En y réfléchissant, continue-t-il, le patinage artistique convient mieux que le foot à une marque de charcuterie : les lames des patins font penser au coupe-jambon…

–Qui c'est, celui-là ? chuchote Marius, abasourdi.

Je murmure :

–Le cochon qui mange le saucisson !

3. Révélations

Si je ne parviens pas à devenir une championne de patinage artistique, je pourrai toujours rester dans ce milieu en créant les costumes des spectacles ou des compétitions. Je m'en tire plutôt bien avec les crayons et les pinceaux, et les modèles que je dessine pour la Magic ont beaucoup de succès. Malheureusement, je ne sais pas coudre, même pas un bouton : je dois donc m'adresser à mamie Cloche-pied. Ma grand-mère est en pleine forme, mais elle trouve toujours des excuses pour éviter de donner un coup de main à ma mère. De sa part, il ne faut pas s'attendre à des propositions, comme : « Venez donc manger chez moi ce midi : je vous ai préparé un gratin dauphinois ! », ou bien : « Allons tous ensemble faire une promenade au parc ! » Non, c'était mamie Bon-pied, la maman de ma mère, qui lançait ce genre d'invitations. Mais elle est morte, il y a trois ans. Cela dit, mamie Cloche-pied a l'avantage d'être une couturière hors pair. Son appartement, qui est à deux pas de chez nous, est un véritable petit atelier. Elle se vante d'habiller encore toutes ses amies :

– L'autre jour, à un enterrement, six d'entre elles portaient une robe réalisée par mes soins, y compris la défunte.

Bon, coudre seulement des vêtements pour les enterrements, c'est déprimant, et de temps en temps, mamie Cloche-pied a besoin de se changer un peu les idées : mes costumes tombent alors à pic !

Voilà pourquoi je sais que, encore cette fois, elle acceptera, même si je devrai la supplier pendant au moins une demi-heure et supporter un sermon sur les filles d'aujourd'hui qui ne savent même pas coudre un bouton.

– Allez, mamie, ce n'est pas compliqué, c'est presque une robe normale !

– À voir le dessin, on ne dirait pas.

– Mais si, regarde : là il y a le corset moulant avec les manches ballon, et ici la jupe bouillonnée ; c'est tout ! Tu te souviens de ce vieux film, *La mélodie du bonheur* ?

– Avec la religieuse gouvernante et les sept enfants autrichiens ?

– Oui ! Eh bien, le morceau sur lequel je patinerai à ma prochaine compétition est une des chansons du film, *My favorite things*. Je me suis inspirée des vêtements des filles, un peu à l'ancienne, comme ceux que tu portais à mon âge.

– Moi, je portais les vêtements que me donnait ma cousine, et je me les arrangeais toute seule !

Nous voilà revenus au refrain favori de mamie Cloche-pied !

– Solène, tu es sûre qu'Armand n'a pas oublié notre rendez-vous ? demande Ulrike.

Mes copines et moi venons de renvoyer la serveuse du café pour la troisième fois. Solène écarte les bras en signe d'ignorance :

– Je lui ai envoyé un message.

Ulrike poursuit :

– Mlle Else vient nous chercher à six heures moins le quart.

En général, Ulrike passe ses samedis avec son papa, un célèbre chef d'orchestre qui donne des cours au Conservatoire de notre ville. Mais ce soir, il a un concert, et c'est Mlle Else, sa gouvernante, qui a pour mission de s'occuper d'Ulrike. Mlle Else est spécialiste de la « surveillance de velours » : elle nous a accompagnées jusqu'au café, puis elle est sortie faire un tour pour nous laisser entre nous. Mais, si on essayait de lui fausser compagnie, on la retrouverait immédiatement sur le seuil de la porte, les bras croisés et affichant un froncement de sourcils digne d'un général prussien.

Aujourd'hui, Solène s'est mise sur son trente et un et elle me dévisage avec une moue de léger mépris.

– Ada, on dirait que tu viens de te lever ! s'exclame-t-elle.

– Mais enfin, pourquoi devrais-je perdre mon temps à me regarder dans un miroir pour un garçon qui ne se donne même pas la peine de regarder sa montre ?

– En plus, tu es toute jolie, Ada, me défend Ulrike.

Sur le mur, un miroir reflète notre trio. Effectivement, on voit bien que je n'ai pas cherché à me faire belle. Solène et Ulrike semblent tout droit sorties d'une série télé, et moi... je suis l'écolière typique de CM2 dans ses mauvais jours.

– Il est cinq heures et quart, dis-je, impatientée. Et Armand n'est toujours pas là...

Tant pis, moi, je commande ma limonade.

– Nous, on l'attend, s'obstine Solène. N'est-ce pas, Uli ?

Je m'apprête à faire signe à la serveuse lorsque, enfin, Armand surgit derrière moi. Je le devine aux yeux de Solène qui se sont mis à briller.

– Salut ! lance-t-il.

Et il s'assoit à nos côtés avec la grâce d'un gorille, sans même s'excuser pour son retard. Il ajoute :

– Vous n'êtes que toutes les trois ?

– À quoi tu t'attendais ? À ce qu'on invite la fanfare municipale ? je grommelle.

– Je croyais qu'il y aurait d'autres garçons… Bon, ce n'est pas grave ; de toute façon, je ne peux pas rester longtemps.

– Alors, dépêchons-nous de commander, intervient Solène. Tu sais, on n'a pas beaucoup de temps non plus : on doit aller s'entraîner. Normalement, nous sommes libres le samedi, mais en ce moment, avec les compétitions qui approchent…

La serveuse vient prendre la commande :

des boissons pour nous et, pour Armand, une énorme crème glacée.

– Vous participez à la Coupe de l'espoir ? s'informe-t-il de derrière sa glace.

– Nous, non. Mais une des filles de l'école va peut-être y aller, dis-je. Comment connais-tu la Coupe de l'espoir ?

– J'ai une cousine qui y participe. Elle s'appelle Amélie Lessay.

– Ah oui ? s'exclame Solène. On sait qui c'est : elle est super forte !

– Bah, elle et sa copine Pauline se donnent de grands airs, répond Armand, la bouche pleine. Une année, c'est l'une qui gagne ; l'année suivante, c'est l'autre. Mais avec une troupe de supporters super organisée comme la leur, même un chien gagnerait !

Intriguée, je demande :

– Comment ça ?

– C'est simple : chaque année, elles amènent avec elles plein de supporters qui n'encouragent et n'applaudissent qu'elles. Quand c'est au tour d'une autre concur-

rente, ils se taisent, ou même ils la sifflent, si bien qu'elle se déconcentre. Je suis au courant, parce qu'à moi aussi elles m'ont demandé de venir faire du ramdam. J'ai refusé : cette compétition, c'est n'importe quoi !

Sur ces mots, il avale le reste de sa glace et se lève :

– Bon, j'y vais. Il y a une régate de planche à voile à la télé.

– Merci d'être venu, Armand ! lance Solène d'une voix enjouée.

– De rien, j'habite juste à côté. Bon, on se voit à l'école alors !

À la Magic, c'est une heure creuse : hormis Max et Agathe, seul est présent le groupe des Perce-Neige. Ulrike et moi poussons la porte d'entrée sans réussir à calmer notre fou rire :

– Il habite juste à côté et il a mis trois quarts d'heure pour arriver !

– Il avait sûrement le vent contre lui ! s'esclaffe Ulrike.

Solène ne bronche pas :

– Il est seulement timide.

– Timide ? Il s'est enfilé un kilo de glace ! S'il avait été aux commandes du *Titanic*, il aurait mangé l'iceberg ! s'exclame Ulrike.

C'est le printemps, et l'après-midi est encore lumineux, mais à l'intérieur de la Magic, on dirait que la nuit est déjà tombée. Le silence et la pénombre dans lesquels notre école est plongée créent une atmosphère plus intime et secrète. Les vêtements laissés dans les vestiaires indiquent que les autres Perce-Neige sont arrivés ; pourtant, on ne voit personne autour.

– C'est bizarre… Où sont-ils tous passés ? s'interroge Solène, en enfilant ses leggings.

À ce moment-là, Vickie apparaît dans l'encadrement de la porte :

– Hé, venez voir !

Nous la suivons jusqu'à l'entrée de la patinoire où se trouvent déjà Violette et Marius. Ils regardent fixement un patineur solitaire qui décrit de larges cercles sur la piste déserte. Il n'y a pas de musique. Le jeune homme n'exécute ni sauts ni pirouettes ; il se limite à des allées et venues si fluides et régulières que ses épais cheveux sombres restent presque immobiles.

Je me tourne vers Marius :

– Qui est-ce ?

– Je ne sais pas, me répond-il. Il était déjà là quand je suis arrivé.

– Il me rappelle quelqu'un, dit Violette.

Nous entendons des pas derrière nous. C'est Max qui nous rejoint. Son expression ressemble à celle d'un enfant, le matin de Noël :

– Je vous présente Pierre, mon fils, murmure-t-il. Il est revenu.

4. L'arrivée du docteur Pierre

Pierre Sandernot est presque une légende à la Magic, même si Max ne parle que rarement de ce fils qui a suivi une autre voie que la sienne. Max rêvait que son fils devienne un patineur de haut niveau, mais il a choisi d'étudier la médecine. Il aurait pu être médecin sportif à la Magic et profiter d'une clientèle toute trouvée ; il a préféré se spécialiser dans les maladies tropicales et il est parti pour l'Afrique comme volontaire, dans les régions les plus pauvres et les plus dangereuses. Max est fier de son fils ; seulement, il a eu du mal à accepter ses choix. Il aurait aimé l'avoir à ses côtés pour gérer l'école.

Il y a quelques jours, donc, Pierre est rentré et il occupe maintenant le bureau à côté de l'infirmerie : Max a aussitôt recommencé à caresser son vieux rêve.

– Papa, je ne suis pas revenu, l'a fermement averti Pierre. J'ai juste été rapatrié : dans la zone où j'interviens, une révolte a éclaté, et nous, les travailleurs humanitaires, avons été pris pour cibles. Le gouvernement nous a conseillé de changer d'air pendant quelques semaines. Grâce à Internet, je vais pouvoir suivre les événements de près et je tâcherai de garder le contact avec les médecins restés là-bas.

Max le laisse parler, mais il ne parvient pas à dissimuler l'espoir qui l'anime. Nous aussi, nous sommes contents : ce bureau vide nous avait toujours donné une impression de tristesse. Maintenant, quand nous passons devant, c'est chouette de voir le visage bronzé et sympathique du docteur Pierre derrière l'ordinateur ou de l'entendre parler à toute vitesse dans son portable, en français ou dans une langue africaine aux drôles de sonorités.

Avant-hier, il nous a surpris, Marius et moi, en train de rigoler à côté de sa porte.

– Vous voulez apprendre un peu de sango ? nous a-t-il demandé.

– C'est quoi, une danse ? a répondu Marius avec un haussement d'épaules.

– Non, c'est la langue dans laquelle je parlais au téléphone et qui vous faisait tellement rire.

J'ai écarquillé les yeux :

– Ils utilisent le portable en Afrique ?

– Encore plus qu'ici.

Marius a fait remarquer :

– Ils meurent de faim et ils achètent des portables ?

Pierre a levé les yeux au ciel :

– Tu sais, le portable leur est plus utile qu'à nous. Il y a peu de téléphones fixes, et souvent l'énergie électrique pour les faire fonctionner est insuffisante. Avec le portable, on peut communiquer n'importe où. Les Africains s'en servent pour trouver du travail, pour savoir où ils pourront vendre leurs produits au meilleur prix ou pour donner des nouvelles à leurs proches. C'est nous qui l'utilisons comme un jouet.

Pendant ce temps, Marius se balançait d'un pied sur l'autre, et Pierre a changé de sujet :

– Tu es Marius, n'est-ce pas ? C'est toi, le jeune espoir du patinage masculin ?

– Oui. Enfin, si mon père ne me retire pas de la Magic, a marmonné Marius.

– Je parie qu'il considère que le patinage artistique est un sport de filles. La vie est injuste : mon père aurait voulu un fils aussi fort que toi, et au lieu de ça, je ne vaux rien sur des patins !

Ces derniers mots m'ont surprise :

– Pourtant, on t'a vu patiner l'autre soir !

– Oui, je tiens debout, mais je n'ai jamais su exécuter aucune figure difficile. Et si mon père n'a pas réussi à me les apprendre, c'est que je ne suis vraiment pas doué ! Mais j'aime bien patiner. L'autre soir, quand je suis arrivé, j'étais content de m'offrir une demi-heure de glace : après trois ans passés sous l'équateur, j'en avais vraiment besoin !

À ce moment-là, Agathe s'est approchée de nous :

– Bonjour, Pierre.

Puis elle s'est tout de suite tournée vers Marius et moi :

– Qu'est-ce que vous fabriquez ici ? Les autres Perce-Neige sont déjà dans la salle de gym à faire leurs échauffements !

Même si elle avait son habituel ton grincheux, elle a concédé un sourire à Pierre : elle aussi est heureuse qu'il soit là.

– Ada, quand tu atterris après le saut, tu dois fléchir les genoux, pas t'accroupir comme si tu étais en train de couver un œuf ! me crie Agathe. Allez, essaie encore !

J'en ai assez : il y a toujours quelque chose qui ne va pas ! Soit je ne plie pas assez les genoux, soit je les plie trop. J'aimerais être comme Marius et Solène : ils réussissent tout immédiatement ! Pour moi, le moindre petit progrès représente un double exploit : d'abord je dois parvenir à réaliser une figure correcte, et ensuite je dois réussir à la refaire.

Dans un élan de générosité, Agathe m'a dit que je m'étais beaucoup améliorée. D'après elle, parmi les Perce-Neige, c'est sur moi que sa méthode fonctionne le mieux. Marius, Solène et Ulrike étaient déjà forts avec notre premier entraîneur, Élisa, adorable mais pas assez dure, selon Agathe. Moi, je ne me suis révélée que depuis peu. Agathe dit que c'est grâce au travail hors glace. Je crois plutôt que c'est grâce à mon expérience au *Crystal Circus*. Je voulais y participer à tout prix et j'ai réussi ! J'ai alors compris que, quand je suis vraiment motivée, personne ne peut m'arrêter ! Mais la motivation me vient au dernier moment, et, si le Trophée des quatre provinces approche, il n'est pas encore pour demain. Pour le moment, faire et refaire chacune des figures de mon programme (les séquences de sauts, les pirouettes, les croisés) me semble sacrément ennuyeux.

Seules Violette et Vickie ont l'air d'avoir plus de mal que moi, ce qui n'est pas étonnant : Violette a toujours été la moins forte du groupe, et Vickie est trop épuisée pour se donner à fond.

– Tu fais trop d'activités, lui dit Ulrike en s'effondrant, exténuée, sur le bord de la patinoire, après avoir enchaîné les croisés. Musique, anglais, danse, patinage : il faudrait que tu te reposes de temps en temps !

– J'ai commencé une cure de vitamines, réplique Vickie.

– Il existe une vitamine qui aide à bien patiner pendant les compétitions ? plaisante Violette. Alors, je la veux !

– En réalité, dis-je, il y a bel et bien une vitamine… C'est la vitamine S. « S » comme supporters.

Et je rapporte à Violette ce qu'Armand nous a confié à propos de la Coupe de l'espoir.

Violette fronce les sourcils :

– J'ignorais que Pauline et Amélie étaient aussi bien organisées… Mais alors, il y a une solution pour Rebecca…

– Laquelle ?

– Nous n'avons qu'à former notre groupe de supporters, nous aussi ! Nous ne sommes pas nombreux, mais, si tout le monde s'y met, nous pouvons faire un boucan digne d'un stade de foot !

L'idée de me déchaîner sur des gradins ne m'est pas désagréable, surtout si c'est pour une bonne cause. Pour le moment, la « bonne cause » en question est en train de s'entraîner au fond de la piste, avec Max. Depuis que Rebecca s'est fâchée avec Agathe au sujet de la Coupe de l'espoir, c'est lui qui l'entraîne. Il espérait la faire changer d'avis ; ça n'a pas marché. Et c'est vraiment dommage, parce que Rebecca n'a jamais été aussi forte : précise comme un compas, légère comme une libellule. Cette année, c'est l'une des meilleures athlètes de la région ; les championnats nationaux juniors sont à sa portée.

– Un échec à la Coupe de l'espoir ne serait pas si grave pour elle, fait remarquer Ulrike.

– Tu ne connais pas Rebecca, réplique Violette. En fait, elle est hypersensible. Elle commencerait à douter de ses capacités, elle pourrait avoir… Comment dit-on ? Un effondrement psychologique ! Cela dit, le coup des fans déchaînés a des chances de fonctionner…

Max sort un instant de la piste. Violette en profite pour s'approcher de sa sœur.

Dès que Rebecca l'aperçoit, elle s'emporte :

– Violette, ne recommence pas, hein ? Je t'ai déjà dit non !

– Et alors ? Tu me le dis tout le temps ! Tu joues avec moi ? Non. Tu m'aides pour mes devoirs ? Non. Tu m'apprends à faire une pirouette acceptable ? Non. Tu sais, je ne les entends même plus, tes « non ». Alors, écoute-moi : tu vas aller à la Coupe de l'espoir.

– C'est facile de parler, pour toi ! s'exclame Rebecca. Tu sais ce que ça fait, d'être traitée comme une moins que rien ? Tu sais ce que l'on ressent à être snobée par des filles qui se prennent pour je ne sais qui ?

Violette fixe sa sœur d'un air grave :

– Oui, bien sûr que je le sais, et même beaucoup mieux que toi !

Rebecca baisse les yeux, gênée. Violette continue :

– Tu te souviens de cet anniversaire, quand tes copines et toi, vous m'avez enfermée dans la salle de bains ? Eh bien, je suis sortie par la fenêtre, puis je suis rentrée dans le salon en cachette et j'ai réduit ton gâteau en bouillie. Aujourd'hui, c'est toi qui peux gâcher la fête de ces deux-là. Pauline et Amélie l'ont accaparée, alors que ça devrait être celle du patinage, et donc la nôtre aussi.

Rebecca reste interdite.

– Je..., balbutie-t-elle.

Violette reprend :

– Tu dois seulement être toi-même et patiner. Tu ne seras pas seule : on va tous venir te soutenir !

Elle se tourne vers le groupe des Perce-Neige :

– Pas vrai ?

– Bien sûr ! Allez, dis oui !

Un léger sourire se dessine sur les lèvres de Rebecca :

– Bon, dans ces conditions…

Un « Hourra ! » collectif retentit dans la patinoire. La bonne nouvelle se répand, et aussitôt les élèves se dirigent vers Rebecca pour la féliciter. Agathe est là, elle aussi. Ses yeux bleu acier brillent de mille feux.

– Mission accomplie ! lui dit Violette.

– Bravo, Violette ! Si tu te débrouillais aussi bien en patinage qu'avec les discours, tu serais prête pour les Jeux olympiques ! Max est de retour, allons lui raconter… Tiens, qui est cette fille ?

À l'entrée de la piste, une jeune femme blonde se tient à côté de Max. Elle porte une veste blanche aux reflets bleutés sur une petite robe grise et des chaussures vernies à talons aiguilles. Solène a déjà passé en revue toute sa tenue et elle nous fait la liste des marques que porte l'inconnue.

– Tout provient des collections de cette année, conclut-elle d'un ton admiratif.

Agathe patine vers Max à une allure décidée. Nous la suivons, très intrigués.

– Donc, voici la patinoire ! s'exclame la jeune femme, en l'embrassant d'un coup

d'œil. Mon père me l'avait décrite plus grande. Ce n'est pas l'Alexandra Palace… Enfin, il y a déjà de quoi faire !

– Qui est Alexandra ? L'une de ses amies ? chuchote Marius avec un froncement de sourcils.

Ulrike lui répond à voix basse :

– C'est une célèbre patinoire, à Londres.

– Et elle la cherche ici ? Alors, elle est stupide.

Max toussote légèrement :

– Agathe, les enfants, je vous présente Mlle Chazac…

– Valérie, le corrige la jeune femme.

Et elle tend cordialement la main à Agathe qui la serre sans enthousiasme.

– Êtes-vous une nouvelle enseignante ? demande notre entraîneur. Il était temps que vous arriviez, nous en avons grand besoin.

– Oh, non ! s'écrie Valérie. Ici, il y a grand besoin d'un *creative manager* ! D'un directeur artistique, si vous voulez. Heureusement, je suis là, maintenant !

5. Les nerfs à fleur… de glace !

À la maison, personne ne savait que la Magic avait Augustin Chazac pour nouveau sponsor. En effet, Max n'avait pas encore rendu la nouvelle officielle, et, pour être franche, je craignais la réaction d'Alex. Il m'embête déjà parce que le compresseur à glace de la Magic utilise une énergie équivalente à celle produite par un champ de colza. Alors, si je lui avais dit que, désormais, l'école recevait de l'argent du porc cannibale, ça aurait été un désastre !

Et puis, l'autre soir, pendant le dîner, mon père m'a évité d'avoir à le révéler :

– Tiens, Miss Frizz, tu connais la nouvelle ?

– Non. Quoi ?

– Augustin Chazac est devenu le sponsor de la Magic, je l'ai lu dans le journal. Il a des sous, celui-là !

Ma mère s'est enthousiasmée :

– Quelle bonne nouvelle ! Une si bonne entreprise qui soutient le patinage plutôt que le foot ! Ada, tu n'es pas contente ?

– Si, évidemment, mais cette marque…

J'ai regardé Alex du coin de l'œil, prête à affronter la tempête… Bizarrement, il n'a pas réagi et a continué à manger comme si de rien n'était. Après le dîner, lorsqu'il est monté dans sa chambre, je l'ai suivi.

– Ben alors, tu ne me sautes pas à la gorge ?

– Pour Chazac ? Ça aurait pu être pire !

–Vraiment ?

–Je préfère ça plutôt qu'un fabricant de meubles qui détruit les forêts ou une marque de voitures qui polluent. Au moins, Augustin Chazac encourage les énergies renouvelables. J'ai lu qu'il n'achète ses porcs que dans des élevages équipés pour transformer la biomasse.

J'ai écarquillé les yeux :

–Bio quoi ?

–Biomasse : le caca des cochons ! Imagine un peu la quantité d'excréments que produit un élevage en un jour…

–Euh… pour le moment, je ne préfère pas : on vient de finir de manger…

–En fermentant, la biomasse produit du gaz qui dégage de l'énergie pour faire fonctionner les machines nécessaires à l'élevage. Ce qui reste est utilisé comme engrais pour que les céréales qui nourrissent les porcs poussent plus vite. Et la boucle est bouclée.

–Oui, mais qu'est-ce que ça doit sentir mauvais ! ai-je dit, un peu dégoûtée.

–Au contraire, c'est de l'énergie propre.

– Et moi qui n'osais pas te parler d'Augustin Chazac !

– Attention, a repris Alex, Chazac reste un tueur en série de cochons innocents ! Et j'espère que tu ne porteras jamais l'horrible logo de cette marque sur tes tutus…

J'ai esquissé un sourire :

– Ne t'inquiète pas : notre *creative manager* a d'autres projets pour nos tenues…

– Je vous verrais bien en bleu et argent. Bleu, comme l'eau d'où vient la glace. Cette couleur transmet une impression d'harmonie et de concentration. Argent, comme l'inspiration, l'intuition, le reflet de la lune sur la glace. Et la lune, c'est la magie.

Les yeux mi-clos, Valérie poursuit :

– Bleu et argent. La glace et la magie : voilà qui convient parfaitement à votre école !

Mes copines et moi sommes suspendues à ses lèvres. Marius et Agathe, eux, secouent la tête. À la Magic, le visage de Valérie Chazac est déjà devenu familier. Elle est

dans la salle de gym pendant les échauffements, au milieu des gradins durant les entraînements et elle passe beaucoup de temps dans le hall à contempler la vitrine où sont exposées les coupes des champions de l'école. Chaque jour, elle arbore un look différent mais toujours à la dernière mode. Certains de ses vêtements me donnent le mal de mer ; Solène, en revanche, ne cesse d'affirmer qu'« elle sait s'habiller ».

Depuis quelques jours, Valérie insiste pour que la Magic choisisse des couleurs officielles. Ou plutôt, elle est scandalisée que Max ait laissé de côté cet aspect tellement important. D'après elle, il aurait dû y penser avant même d'ouvrir notre école. À la *Academy of Arts and Communication* de Londres où elle a fait ses études, on lui a enseigné l'importance du choix des couleurs dans le succès d'une marque, ou d'une *brand*, comme elle dit.

– Le fait est que la Magic n'est pas une *brand*, mais une école, rappelle sèchement Agathe.

–Cependant, nous voulons aussi en faire une *brand* gagnante, n'est-ce pas ? lui répond Valérie. La Magic doit transmettre une émotion positive. Ici, dans l'école, on doit sentir une vibration spéciale…

Notre entraîneur ne semble pas du tout convaincue.

–Les couleurs permettent au public d'identifier immédiatement cette vibration, continue Valérie. Oui, la Magic, je la vois bleu et argent : le logo, les tenues, les murs… Tout !

Marius ricane :

–Et un peu de rose pâle pour rappeler les jambons du sponsor ?

Valérie encaisse. Elle doit être habituée à ce genre de piques. Elle sourit et répond :

–Ça pourrait être astucieux, mais le rose n'est pas une *key color*. Le public penserait que la Magic est une école de femmelettes… Et ce n'est pas ce que nous voulons, n'est-ce pas, Marius ?

Un point pour Valérie !

À peine est-elle sortie de l'école pour se

glisser dans sa petite voiture couleur lilas qu'Agathe se met à hurler dans les couloirs :

– Je ne peux plus la supporter ! Cette fille confond la Magic avec un paquet de saucisses !

Elle arrête le pauvre Max qui tentait de se réfugier dans son bureau :

– Fais quelque chose !

Il tente de la calmer :

– Agathe, ne t'énerve pas. Valérie essaie seulement de se rendre utile…

– Utile ? C'est une folle furieuse ! Elle perturbe les entraînements, elle distrait les enfants, et maintenant elle s'amuse à mettre du bleu et de l'argent partout !

– Elle parlait seulement des sacs de l'école. En plus, c'est notre sponsor qui nous les procurerait gratuitement.

– Non ! vocifère Agathe. Elle veut aussi que nos costumes de compétition soient tous bleu et argent, parce qu'ainsi, dit-elle, on identifiera facilement la *brand* ! Elle a l'intention de commencer dès la Coupe de l'espoir ! Rebecca va patiner sur un morceau de musique écossaise, pas sur le générique de *Star Trek*. Quand je le lui ai expliqué, tu sais ce qu'elle m'a répondu? «Alors on va changer de morceau, n'est-ce pas?» Non, mais tu te rends compte?

Max la fait entrer dans son bureau et ferme la porte. Pierre apparaît sur le seuil de son cabinet:

–Brrr... Même dans la savane, je n'ai jamais entendu de tels rugissements!

–La tigresse de la Magic est nerveuse, doc, lui dis-je. Il faut la calmer avant qu'elle ne commette un massacre!

Il rit:

–Et qui donc serait sa victime? La blonde un peu fofolle qui parcourt la Magic de long en large depuis plusieurs jours?

–Exactement! confirme Marius. Elle croit qu'elle peut fourrer son nez partout, juste parce que son père donne de l'argent à l'école. Si j'étais Agathe, je l'aurais déjà envoyée...

Vickie intervient:

–Moi, j'aime bien Valérie.

–Elle est rigolote, ajoute Ulrike.

– Et puis, quels beaux vêtements elle a ! observe Solène.

– C'est une fille à papa qui n'a rien à faire de ses journées ! s'écrie Violette. Sinon elle ne serait pas ici du matin au soir... Vous croyez qu'elle a un fiancé ?

Marius secoue la tête :

– Qui pourrait supporter cette enragée ? Son père l'a envoyée à la Magic pour s'en débarrasser. Et si Max proteste, adieu l'argent du sponsor !

Le docteur Pierre se gratte la tête :

– J'ai bien peur que tu aies raison, Marius. Il va falloir la supporter.

Je m'exclame :

– Impossible, doc ! Agathe n'y arrivera pas.

– Le problème, confirme Ulrike, c'est surtout que Valérie énerve Agathe...

– On pourrait essayer de détourner son attention, reprend Pierre. Peut-être que cette jeune femme a seulement besoin de parler et que quelqu'un l'écoute.

J'ai l'impression d'avoir compris son plan :

– Quelqu'un comme toi, par exemple ?

– Pourquoi pas ? Je suis médecin : écouter les gens, c'est un peu mon métier. Et puis, ici, je m'ennuie. J'espérais pouvoir réparer quelques os cassés, mais jusqu'à maintenant, personne ne s'est fait mal. Discuter avec Mlle Chazac me donnera l'impression d'être utile à quelque chose.

Je souris :

– Doc, tu es notre héros !

6. Comment devenir supporter

Parmi les mères qui, chacune leur tour, nous emmènent à la Magic, c'est celle de Solène que je préfère. À première vue, on dirait qu'elle est superficielle et ne pense qu'aux vêtements et aux vacances sous les tropiques. En réalité, Déborah Parma est une femme incroyable. Avant d'épouser un notaire très sérieux, elle a fait un peu de tout, des courses de moto aux romans-photos. Mais elle est avant tout joueuse de cartes. Elle passe ses soirées dans un cercle d'amateurs où elle massacre ses adversaires au poker, à la canasta et au rami. Quant à ses journées, elle les occupe à tenter de récupérer son 4x4 emporté à la fourrière. Cependant, comme le directeur de la fourrière aime aussi les cartes, elle lui propose à chaque fois de jouer la restitution de la voiture. Et c'est toujours elle qui gagne.

Attention, je ne dis pas que je voudrais l'avoir pour mère : elle est trop bizarre. Et puis je n'aimerais pas appeler ma maman par son prénom, comme le fait Solène pour éviter qu'elle se sente vieille. Par contre, j'apprends plein de choses intéressantes grâce à elle. Par exemple, aujourd'hui, elle m'a expliqué comment réaliser une banderole de supporters digne d'un stade.

– Tu es une experte, on dirait ! me suis-je exclamée.

J'ai vu ses yeux briller dans le rétroviseur.

– En effet ! Adolescente, j'étais la chef des pompom girls de l'équipe de foot du lycée. Je passais tous mes samedis à fabriquer des banderoles et à répéter des chansons de supporters. Et le dimanche, au stade ! On faisait plus de vacarme que les garçons ! Quel délire !

– Allez, Déborah, apprends-nous l'une de tes chansons ! intervient Solène. On pourrait l'adapter pour la Coupe de l'espoir…

– Attends un peu, j'essaie de me souvenir… Non, celle-là est un peu vulgaire… Hum, celle-là aussi… Bon, laissons tomber…

– S'il te plaît ! Il y en a bien une qui pourrait faire l'affaire ! dis-je, pour l'encourager.

Déborah s'éclaircit la voix et entonne à mille décibels :

– *C'est nouuuuuuuus, c'est nouuuuuuuus, les filles de la Tigers' Team ! Allez, tout le monde est avec vous… Un but, un but, mettez-nous un but !*

Les piétons et les cyclistes s'arrêtent pour nous regarder, stupéfaits. Déborah s'interrompt :

– Qu'est-ce qu'ils ont tous ?

Solène éclate de rire :

– La fenêtre de la voiture est ouverte ! Tout le monde t'entend !

Aujourd'hui, après l'entraînement, nous avons organisé une réunion dans la salle de gym de la Magic. Nous voulons faire le point sur la Coupe de l'espoir et savoir qui sera présent. Malgré nos efforts pour tenter d'embrigader les copains et la famille, on ne sera pas bien nombreux.

Violette comptabilise les participants :

– Vickie et Marius sont encore indécis. Moi, je viendrai avec ma famille. Quant au Boss, il sera accompagné par Pierre et Agathe. Ada, tu as des nouvelles d'Élisa ?

Élisa est notre ancien entraîneur : elle attend un bébé.

– Elle s'excuse : elle doit se reposer. Mais mon frère vient avec moi. Il veut interviewer Pierre pour le blog de son lycée. Et puis il y aura aussi Mirka, notre serveuse du salon de thé. C'est une passionnée de patinage.

Violette poursuit :

– Et toi, Uli ?

– Je viendrai avec Mlle Else : il faut bien qu'elle me surveille !

Puis Violette s'adresse à l'un des Aurore (le groupe de Rebeca) :

– Combien serez-vous, Victor ?

– Cinq. Les autres ont tous des contrôles à préparer pour l'école, des sorties scolaires, ou d'autres trucs de prévus.

Violette fait la grimace :

– Ça ne fait pas beaucoup… Il faut qu'on trouve d'autres personnes !

À ce moment-là, une voix retentit :

– Vous avez pensé à moi ?

– Valérie ! s'écrie Violette.

La *creative manager* pénètre dans la salle de gym, entourée d'un nuage de parfum :

– Je fais partie de l'école, n'est-ce pas ? Et j'ai hâte d'inaugurer le Magic bus !

– Le Magic bus ? dis-je, intriguée.

– Allez regarder dans le parking !

Nous nous regroupons devant la fenêtre. Je n'en crois pas mes yeux : devant nous est garé un minibus d'une vingtaine de places, bleu métallisé et argent. Sur les côtés, on peut voir le nouveau logo de la Magic, dans les mêmes couleurs. Les lettres sont inclinées et posées sur la lame d'un patin.

Je murmure :

– Mince alors, il est magnifique !

Quant à Violette, elle jubile :

– Que c'est chouette d'avoir un sponsor !

– C’est ma petite surprise, dit Valérie en souriant. Je savais que l’école n’avait pas de bus pour les déplacements, je me suis donc démenée pour en trouver un. C’est l’occasion d’observer l’impact du nouveau logo sur le public, n’est-ce pas ?

– Formidable ! Et nous, on observera l'impact de nos encouragements ! poursuit Violette. J'espère que vos cordes vocales sont bien entraînées ! Allez, répétons les chansons !

– Attendez, l'interrompt Valérie. Il manque quelque chose…

Elle ouvre un grand sac d'où elle extrait une cascade de pompons bleus et argentés. Solène éclate de joie :

– Super !

Chacun s'empare de deux pompons, et Violette commence à concevoir notre chorégraphie.

C'est nous, c'est nous, les filles de la Magic, c'est nous…

– Maman, est-ce tu aurais quelques draps blancs bons à jeter ? Je dois préparer des banderoles pour la Coupe de l'espoir.

Ma mère me regarde, l'air dubitatif.

– Il y en a dans l'armoire de la cave. Tu n'écris pas de gros mots, hein ?

Pff ! N'importe quoi !

Ça y est, j'ai tout ce qu'il me faut : les draps, des ciseaux, un stylo, une règle, des pinceaux et de la peinture. Le sous-sol est l'endroit idéal pour me mettre au travail.

Valérie aurait voulu commander une banderole pour professionnels, en plastique avec des lettres imprimées, mais Violette et moi sommes têtues : si elles ne sont pas « faites maison », ce ne sont pas de vraies banderoles !

Je me remémore les recommandations de Déborah : découper des bandes de la dimension désirée ; à l'aide d'un stylo et d'une règle, reporter chacune des lettres de la phrase choisie et les peindre ; enfin, laisser sécher. Je n'ai pas beaucoup d'expérience dans le domaine, mais j'ai la main plutôt sûre : je devrais m'en sortir.

Les banderoles commencent à prendre forme. Peu à peu, sur le tissu blanc apparaissent les slogans que Violette et moi avons imaginés : « *Rebecca, trois mètres au-dessus des autres !* » et « Magic Ice School, *et la magie opère !* ».

Lorsque j'ai terminé, je téléphone à Violette pour lui annoncer la bonne nouvelle :

– Mission accomplie ! Tout sera sec pour demain !

– Génial ! En plus, Rebecca semble avoir le moral. C'est probablement grâce à Pierre : depuis qu'il s'occupe de Valérie, Agathe est beaucoup plus détendue.

En effet, dès qu'Agathe apparaît sur la piste, Pierre arrive et propose à Valérie de prendre un café dans son bureau ou d'aller faire un tour dans le parc. Elle n'a jamais refusé la moindre invitation.

Violette poursuit :

– Je crois qu'il lui plaît. Tu as remarqué que, depuis quelques jours, elle attache moins d'importance à son rôle de *creative manager* ? Parfois, elle s'habille même presque normalement.

– C'est vrai, dis-je. Peut-être que Pierre lui a parlé de la vie en Afrique et qu'elle a compris que le monde ne se résume pas à l'image et au marketing.

– Bah ! En tout cas, espérons qu'elle ne le

prendra pas trop mal quand elle découvrira que la gentillesse du doc n'était que du cinéma...

Du cinéma ? Si Violette avait assisté à la scène que j'ai vue hier soir après l'entraînement, elle ne serait probablement pas aussi sûre d'elle.

Alors que j'étais dans la voiture de la mère de Vickie qui me raccompagnait à la maison, je me suis aperçue que j'avais pris mes patins avec moi. J'aurais dû les laisser à l'école, car ce matin, un technicien devait passer pour en affûter les lames. La mère de Vickie m'a gentiment ramenée à la Magic. À l'intérieur régnait un profond silence. En effet, les cours de l'après-midi étaient terminés et ceux du soir, pour les adultes, pas encore commencés. Je me dirigeais vers le débarras où nous déposons nos patins, quand, en passant devant l'entrée de la piste, j'ai vu Pierre filer comme une flèche sur la glace. Je me suis approchée pour lui dire bonjour et j'ai alors remarqué qu'il n'était pas seul : vêtue d'un simple jean et d'un pull, Valérie se tenait agrippée à la balustrade, chaussée elle aussi de patins.

– Allez, viens, lui disait-il. N'aie pas peur !

Mais elle s'accrochait de plus belle à la rambarde.

– Je n'y arrive pas !

– Mais si, c'est facile ! Tu te rappelles ce que je t'ai appris ?

Finalement, elle a lâché prise. Pierre a glissé vers elle en tendant les bras :

– Viens !

Valérie a esquissé quelques petits pas dans sa direction. Elle était sur le point de toucher les mains de Pierre quand elle a perdu l'équilibre et s'est effondrée sur lui. Il l'a aidée à se relever, tout en riant. Pendant un très court instant, leurs lèvres se sont presque touchées.

Je me suis vite sauvée, les joues enflammées tant j'étais gênée. J'ai failli en oublier de laisser mes patins.

Mais je n'ai pas envie de raconter ce que j'ai vu à Violette : j'aurais l'impression d'abîmer quelque chose de beau.

7. Malentendus ou manigances ?

Tous les ingrédients sont réunis pour un voyage parfait ! Nous avons un minibus rien qu'à nous, des chansons à répéter pendant la route et des banderoles soigneusement enroulées dans le coffre. Avant de monter dans le bus de la Magic, Marius l'a observé en long et en large. Il cherchait le logo du porc cannibale. Mais notre sponsor a été discret : seule apparaît l'inscription *Augustin Chazac*, en petit, sous l'énorme logo de la Magic.

L'heure du départ approche. Max, qui s'est transformé en chauffeur pour l'occasion, a déjà mis le moteur en marche. Mais Solène se fait attendre.

Nous sommes sur le point de partir quand un 4x4 arrive en trombe dans le parking et pile juste derrière le minibus.

– Allez, Solène ! Dis au revoir à ta mère et viens vite ! crie Violette à travers l'une des vitres.

– Comment ça ? s'exclame Déborah en sautant de voiture. Je vous accompagne ! Ça fait des années que je n'ai pas fait la pom-pom girl ! Je ne vais pas rater une occasion pareille !

À l'intérieur du bus, tout le monde papote. Mirka bavarde avec Mlle Else. Pierre explique à Alex les problèmes dont souffre l'Afrique subsaharienne. Les Aurore discutent d'Internet et des réseaux sociaux. Valérie parle de mode avec Solène, et de temps en temps, elle lance à Pierre des regards langoureux (que je suis la seule à remarquer). Déborah joue aux cartes avec le père de Rebecca ; elle le bat d'ailleurs à plates coutures. La mère de Rebecca, elle, se détend en tricotant, comme d'habitude.

Quant à nous, le groupe des Perce-Neige, nous écoutons Agathe nous raconter, tout excitée, le scandale des Jeux olympiques d'hiver de Salt Lake City. Les Français et les Russes s'étaient mis d'accord pour empêcher les Canadiens d'obtenir la médaille d'or, lors de la compétition en couple.

– À la Coupe de l'espoir, c'est presque la même chose, ajoute-t-elle. Rebecca représente le Canada, et Pauline et Amélie, la Russie et la France. Vous comprenez ?

Rebecca, les yeux clos et le casque sur les oreilles, se concentre sur son programme.

Lorsque le minibus se gare dans le parking du Palais des glaces, il est exactement 13 heures 30. C'est un bâtiment massif dont les parois vitrées scintillent sous le soleil printanier. Il ne dispose que d'une seule patinoire, mais cette dernière s'adapte à tous les sports sur glace, du patinage au hockey. Les gradins peuvent accueillir jusqu'à six mille spectateurs. Pas étonnant que les patineuses qui s'entraînent dans une telle structure se sentent supérieures !

Tout le monde suit Max et Agathe dans le hall, vaste et lumineux. La compétition débutera à 17 heures. Les entraînements sur glace, en revanche, vont commencer dans quelques instants. Les concurrentes doivent réserver leur tour au secrétariat.

Pendant qu'Alex et les Aurore vont au bar, Agathe et nous, les Perce-Neige, restons avec Rebecca devant le secrétariat où Max est entré. Rapidement, on se rend compte qu'il y a un problème. Je pénètre dans le bureau pour comprendre ce qui se passe. Max est accoudé au guichet. La secrétaire, une dame entre deux âges au visage de crapaud, secoue la tête :

– Je suis désolée, monsieur Sandernot, mais Rebecca Bonneval ne peut pas participer : elle n'est pas inscrite à la Coupe de l'espoir, et les places pour les entraînements ont déjà toutes été prises.

– Comment ? C'est impossible ! Vérifiez encore !

La dame consulte son registre.

– Voilà : Rebecca Bonneval a été inscrite le 7, puis elle s'est retirée.

Exaspéré, Max reprend :

– Mais ensuite, elle s'est de nouveau inscrite ! Regardez : j'ai imprimé le mail de confirmation.

La secrétaire prend un air penaud :

– Je ne sais pas quoi vous dire…

– Je veux parler à un responsable, exige Max.

Rebecca est toute pâle :

– Qu'est-ce qui se passe ?

Agathe roule les yeux, furibonde :

– Je sais, moi, quel est le problème ! Ne t'inquiète pas, Rebecca, Max va tout arranger. Va donc faire un tour au bar avec Victor et les autres.

Pas très convaincue, Rebecca s'éloigne.

– Ils commencent déjà à nous jouer des sales tours ! s'exclame Agathe. Je parie que ce malentendu n'est pas dû au hasard… Heureusement, Max connaît les organisateurs. Ils vont sans doute trouver une place pour Rebecca, mais en attendant, cette histoire l'a rendue nerveuse.

Max parle rapidement au téléphone. D'un signe de la main, il nous fait comprendre que le problème est résolu. Rebecca pourra faire les entraînements, puis concourir.

Ulrike, Solène et moi allons au bar pour tenter de la rassurer.

– On boit quelque chose ? propose Solène. De toute façon, on a du temps.

Je commence à faire la queue pendant que mes copines rejoignent les autres à leur table.

Tout à coup, j'entends une voix derrière moi :

– Oui, finalement, elle participera aux entraînements, elle aussi. Elle a commencé à râler…

Je me retourne discrètement. Deux filles sont en train de discuter. Celle que je viens d'entendre est une grande asperge aux cheveux châtains, vêtue de la tenue de la *Diamond's School*, l'école de patinage locale d'où sont issus la plupart des champions de la région. La seconde, plus petite, est aussi plus mignonne. Elle porte un sweat de l'*École des glaces*, une autre école importante.

– Tu sais quel thème musical elle a choisi ? demande cette dernière.

– Un mélange de musiques traditionnelles écossaises. Super original…

– Ce n'est pas parce qu'elle est rousse qu'elle est obligée de prendre une musique celtique !

– Bah, il ne faut pas trop lui en demander, à cette gamine…, rétorque l'autre en ricanant.

– C'est vrai, c'est déjà incroyable qu'elle n'ait pas opté pour le générique de *Pokémon* ! Oh là là, tu as vu cette queue ?! Je n'ai pas envie d'attendre…

L'asperge fait un signe au caissier qui lui sourit :

– Pauline et Amélie, voilà nos petites championnes ! Allez-y, passez votre commande, vous viendrez payer plus tard !

Voyez-vous ça : un véritable traitement de faveur !

Je rejoins tout le monde à table.

– J'accompagne Rebecca dans les vestiaires, dit Victor en se levant.

Rebecca avale une dernière gorgée de thé glacé. Elle s'apprête à jeter la canette dans la poubelle du bar déjà pleine, mais Alex la stoppe net.

– Pas là, lui dit-il. Ils ne font pas le tri sélectif. Donne-moi ta canette : je la jetterai ailleurs.

– Laisse-la tranquille, je chuchote.

Mais, contre toute attente, Rebecca lui tend gentiment sa canette :

– Tu as raison. Dès que je ne suis plus chez moi, j'oublie de trier les déchets. Merci de me le rappeler.

Violette, qui a observé la scène, écarquille les yeux. Puis elle me regarde en souriant.

– Il y a de l'amour dans l'air…, murmure-t-elle.

– N'importe quoi !

Elle m'adresse un clin d'œil :

– Tu as peut-être raison, mais une chose est certaine : Rebecca n'a jamais fait le tri sélectif de sa vie !

L'erreur concernant l'inscription est la première d'une longue série. Lorsqu'elle arrive dans le vestiaire, Rebecca découvre qu'on ne lui a pas réservé de place. Puis elle apprend qu'elle passera en dernier, alors que les juges et le public seront fatigués et distraits. Pendant les entraînements, le technicien du son va boire un café précisément quand c'est au tour de notre amie. Agathe se charge elle-même de faire partir le CD. Lorsque le technicien revient, il lui fait toute une scène, mais notre sorcière n'est pas du genre à se laisser impressionner et elle le dévore tout cru.

– Max ! hurle-t-elle ensuite. Tu réussis peut-être à faire comme si de rien n'était, mais pas moi !

Max l'emmène à l'écart.

– Pour qui se prennent-ils, ceux-là ? poursuit-elle. Rebecca est championne régionale et ils la traitent comme une intruse !

– Ça ne sert à rien de t'énerver..., dit Max. Rebecca participe à la Coupe de l'espoir, c'est ça qui compte.

– Tu sais ce que j'en fais, de leur coupe ? lui rétorque Agathe, furieuse.

Ça pourrait être drôle si nous n'étions pas inquiets pour Rebecca. Tous ces contretemps l'ont déconcentrée. Pendant l'entraînement, elle est quasiment tombée. Et, malgré nos encouragements, pas une fois elle ne nous a adressé un regard.

Nous croisons sa mère, qui se dirige vers le vestiaire pour l'aider à s'habiller. C'est la seule qui semble garder son calme.

– Je la connais bien, elle y arrivera. Ma Rebecca est une fleur d'acier.

8. Kiss and cry

La compétition doit commencer dans une demi-heure. Chargés de banderoles et de pompons, nous nous dirigeons vers les gradins du Palais des glaces, déjà presque pleins. Mais plus le temps passe, plus le découragement nous gagne : les supporters des autres écoles sont bien plus nombreux que nous et bien mieux organisés. Sur les banderoles, on retrouve surtout les noms de Pauline et d'Amélie.

Avec l'aide d'Ulrike et de Solène, Violette et moi déroulons la nôtre : « Magic Ice School, *et la magie opère !* ». Aussitôt, nous entendons un petit groupe d'un rang voisin ricaner :

– *Magic Ice School* ? L'école préférée des charcutiers ?

Gênée pour Valérie, je me tourne vers elle. Pierre est assis à ses côtés. Il lui pose une main sur l'épaule.

– Alors, qu'est-ce que ça fait de sponsoriser l'école de patinage la plus snobée de la région ? demande-t-il d'un ton blagueur.

Valérie le regarde fixement :

– Ça donne une grande envie de gagner ! Pas vrai, Déborah ?

– Tout à fait ! approuve cette dernière.

Elle se lève d'un bond, en agitant ses pompons :

– *C'est nous, c'est nous…*

Et toutes les filles de la Magic, y compris Mlle Else et Mirka, reprennent le refrain en chœur. Les supporters de Pauline et d'Amélie réagissent aussitôt : ils nous inondent de chansons destinées à leurs idoles. Pas question d'abandonner la partie : on agite les pompons comme des forcenés, on hurle et on gesticule dans tous les sens. Déborah est fantastique. Elle fait du vacarme pour dix, saute dans tous les sens. Valérie aussi est déchaînée. Elles sont si énervées qu'elles attirent les objectifs des photographes et des cameramen des télévisions locales. C'est vrai, notre groupe n'est pas le plus nombreux, mais nous sommes sûrement les plus motivés.

Dans le haut-parleur, une voix annonce le début imminent de la compétition et précise qu'elle sera précédée d'un discours de la présidente du comité d'organisation.

Une dame maquillée comme un pharaon égyptien monte sur un petit podium. Elle explique l'objectif de la Coupe de l'espoir, puis présente les cinq juges qui prennent place dans la tribune.

Victor secoue la tête :

– Ils ne sont pas malhonnêtes, ils subissent juste beaucoup de pressions. La Coupe de l'espoir n'a pas vraiment de valeur comme compétition. Ici, c'est surtout l'image des écoles qui est en jeu.

La première concurrente est une brunette plutôt boulotte, vêtue d'une tunique blanche et courte, un peu trop moulante. Elle patine sur *Maria*, une célèbre chanson de la comédie musicale *West Side Story*. Ses pirouettes sont parfaites, mais ses sauts sont lourds, et elle obtient un score assez faible.

– Même si elle avait très bien patiné, elle n'aurait pas obtenu une note élevée, observe Violette, qui a vu plus de compétitions que moi. La première candidate est toujours défavorisée par rapport aux autres.

Comme par hasard, cette fille venait d'une école peu réputée.

Les concurrentes se succèdent.

Les musiques, les tenues et les coiffures changent…

– Je n'y connais rien, chuchote Alex,

impatient, mais j'ai l'impression qu'elles se ressemblent toutes.

– Tu as raison, dit Violette. Il n'y a aucune figure originale ou particulièrement difficile. Les programmes sont tous taillés sur le même modèle : Pauline et Amélie n'auront pas grand-chose à faire pour impressionner les juges.

Tout à coup, le public qui, jusqu'ici, était presque muet, éclate en un tonnerre d'acclamations. Une partie des gradins s'anime de pompons rouges et bleus, les couleurs de la *Diamond's School* : le haut-parleur vient d'annoncer l'entrée en piste de Pauline Rochefort. L'asperge se débrouille plutôt bien, c'est indéniable, mais elle se prend pour une star. Elle patine sur une fantaisie extraite de l'opéra *La Traviata*. Elle enchaîne un double lutz et une pirouette Biellmann, celle où on lève la jambe en arrière pour attraper la lame du patin avec les mains.

Le public est en extase. Une pluie de fleurs et de peluches tombe des gradins.

Violette mordille l'une de ses boucles rousses :

– Pff… C'est complètement disproportionné ! s'exclame-t-elle. Voyons ce qui va se passer dans le *kiss and cry*…

– *Kiss and cry* ? Quel joli nom ! Qu'est-ce que c'est ? demande Valérie.

– Dans le jargon du patinage, lui explique Pierre, c'est le petit box où les concurrentes attendent le verdict des juges avec leur entraîneur. S'il est favorable, tout le monde s'embrasse ; s'il est négatif, les larmes coulent… Parfois, c'est le contraire.

Pour Pauline, ce ne sont qu'embrassades : il fallait s'y attendre… Son score la place en tête du classement.

Deux autres concurrentes présentent leur programme : rien à signaler. Puis un nouvel ouragan d'applaudissements éclate. Cette fois-ci, ce sont les pompons blancs et bleus de l'*École des glaces* qui s'agitent. C'est au tour d'Amélie Lessay, l'autre coqueluche de la compétition, d'entrer sur la piste. Vêtue d'un tutu à l'allure vaguement féline, elle fait un tour de piste pour saluer ses fans, puis elle se place au centre de la patinoire dans une pose aguicheuse. Elle patine sur la chanson *Memory*, tirée de la comédie musicale *Cats*. Son programme consiste en de brefs mouvements de hanches et des petits pas. Il y a finalement très peu de difficultés, hormis une séquence comprenant un double axel.

À la fin, Amélie s'incline pour ramasser une peluche lancée par le public et, sous les flashes des photographes, elle l'étouffe de baisers. Elle ne cesse de sourire, même lorsqu'on l'annonce seconde du classement.

Violette hausse les épaules :

– Elle sait bien que, cette année, la coupe sera pour Pauline : l'an passé, c'est elle qui l'a remportée.

Les gradins se vident peu à peu : pour les supporters de Pauline et d'Amélie, la compétition n'a plus aucun intérêt. Ils sortent se dégourdir les jambes et ne reviendront qu'au moment de la remise des prix.

Après le passage de deux autres concurrentes, le haut-parleur annonce le tour de Rebecca. D'un bond, Déborah se lève en hurlant, imitée par tout le groupe de la Magic :

– RE-BEC-CA ! RE-BEC-CA !

Alex sort son caméscope et le dirige vers notre amie.

Avec son body de velours noir et son mini-kilt à carreaux assorti à sa casquette, elle est superbe ! Son visage fier et décidé montre bien qu'elle a retrouvé la concentration des moments importants. Elle n'essaie même pas de nous chercher du regard. Saluant à peine le public, elle va se préparer au centre de la piste.

Soudain – horreur ! –, elle commence à patiner avant que la musique soit lancée ! En tendant l'oreille, je m'aperçois qu'en fait c'est le volume qui est très faible. Puis, au bout d'une dizaine de secondes, la musique explose à mille décibels !

– Qui s'occupe du son ? rugit Violette.

Je suggère :

– Le technicien qui s'est disputé avec Agathe...

Cependant, s'il voulait se venger sur Rebecca en lui faisant rater le début de son programme, il doit être déçu : elle est partie juste au bon moment. Et elle patine fabuleusement bien. Les passages rapides de la musique alternent avec des moments plus lents, ce qui permet à notre championne de déployer tous ses talents. Elle est vraiment «*trois mètres au-dessus des autres*», comme le dit notre banderole.

Un public impartial l'acclamerait dès maintenant, mais on n'entend que quelques tièdes applaudissements, même quand Rebecca enchaîne plusieurs sauts parfaits.

– C'est injuste, murmure Alex.

Dès qu'elle a terminé, nous bondissons tous en même temps, jetant sur la piste fleurs et peluches :

– RE-BEC-CA ! RE-BEC-CA !

Quelques instants plus tard, Violette agite la main:

– Chut ! C'est l'heure du *kiss and cry*...

– Ce que les juges sont longs à rendre leur verdict ! gémit Solène.

– De toute façon, dit Violette, les jeux sont faits. Au moins, désormais, tout le monde sait que la Magic est une bonne école.

Les spectateurs qui étaient sortis reviennent en masse dans les gradins, s'apprêtant à fêter la victoire annoncée de Pauline.

À ce moment précis, le score de Rebecca apparaît sur le panneau : égalité avec Pauline ! Notre amie éclate en sanglots.

Agathe et Max la serrent dans leurs bras. On entend des sifflets dans le public.

Violette se frotte les yeux :

– Ce n'est pas possible, c'est un rêve ?

C'est la première fois qu'on assiste à un tel événement à la Coupe de l'espoir. Les juges n'avaient pas le choix : donner la première place à Pauline aurait été une injustice trop flagrante. En revanche, ils n'allaient pas non plus laisser Rebecca gagner…

– Comment vont-ils les départager ? demande Solène.

Les supporters de Pauline et d'Amélie grommellent de plus belle, quand la présidente du comité d'organisation prend la parole :

– Nous avons deux vainqueurs ex æquo, ce qui n'était jamais arrivé jusqu'à aujourd'hui. Cela ne peut que réjouir notre comité : c'est la confirmation du très haut niveau de nos athlètes… Bla bla bla… Malheureusement, nous n'avons qu'une seule coupe. Aussi, puisque cette année il n'y a pas de vainqueur absolu, la Coupe de l'espoir ne sera pas attribuée.

Une tempête de sifflets s'abat sur le Palais des glaces.

–Pauline Rochefort, de la *Diamond's School*, et Rebecca Bonneval, de la *Magic Ice School*, recevront chacune une plaque en souvenirs de cette… hum… soirée mémorable.

Nous avons tous une fleur accrochée à notre veste ou dans nos cheveux. C'est Rebecca qui nous les a données. Tout à l'heure, alors que nous nous dirigions vers le minibus, un inconnu s'est approché d'elle avec un bouquet.

–Pour Rebecca Bonneval, a-t-il dit. Ce ne sont pas les miennes, je dois seulement vous les remettre.

Étonnée, Rebecca a saisi les beaux iris bleus.

Entre les fleurs se trouvait un billet plié en deux. Elle l'a ouvert. Voici ce qui était écrit :

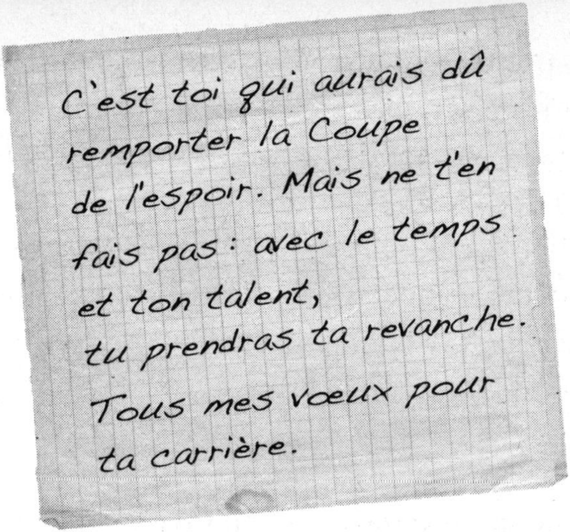

C'est toi qui aurais dû
remporter la Coupe
de l'espoir. Mais ne t'en
fais pas : avec le temps
et ton talent,
tu prendras ta revanche.
Tous mes voeux pour
ta carrière.

– Ce n'est pas signé, a murmuré Rebecca.

Victor a observé le dos du billet :

– Oui, mais c'est tout comme. Il s'agit de l'une des feuilles qu'utilisent les juges. En voilà qui ont le courage de leurs opinions, hein ?

Max a embrassé Rebecca :

– Ça s'est encore mieux passé que ce que j'espérais. Ce résultat va faire du bruit dans le milieu du patinage.

Solène a serré sa mère dans ses bras :

– Tu y es pour beaucoup, Déborah !

– Déborah, nous te déclarons présidente

de l'équipe des filles de la Magic ! a déclaré Violette.

À ce moment-là s'est élevée la voix enjouée de Valérie :

– Moi aussi j'y ai droit, n'est-ce pas ?

– Toutes les deux, alors ! a tranché Violette. C'est la journée des victoires ex æquo !

À peine étions-nous dans le bus que Rebecca nous a distribué les fleurs et nous a remerciés un par un. Lorsque nous nous sommes arrêtés sur une aire d'autoroute pour dîner, la caissière nous a demandé si nous revenions d'un mariage ! Non, mais à en croire les regards échangés entre Valérie et Pierre, ce n'est qu'une question de temps...

Le ruban de l'autoroute se déroule dans l'obscurité de la campagne. Et, dans le bus de la Magic, l'heure est aux réjouissances !

Max a acheté une bouteille de mousseux et des jus de fruit sur l'aire d'autoroute. Nous trinquons tous, avec nos verres en plastique. Seul Max s'abstient et se contente de murmurer « tchin-tchin » derrière le volant. Quel bonheur de fêter tous ensemble le triomphe de Rebecca ! Et finalement, c'est un peu notre victoire à tous !

9. Tu viens me voir patiner ?

–Que tu es jolie, comme ça ! Pourquoi tu ne t'habilles pas toujours ainsi ?

Vêtue de mon costume de compétition, je me regarde dans le miroir du salon de mamie Cloche-pied : j'ai vraiment l'air d'une petite fille sage d'autrefois !

–Mamie, si je me promenais habillée

comme ça, on me prendrait pour un fantôme !

J'esquisse quelques figures de mon programme, en chantonnant *My favorite things*. La jupe tourne précisément comme je le voulais, et les manches ballon ne me gênent pas. Les vêtements faits sur mesure, c'est ce qu'il y a de mieux…

– Mamie, ça te dirait de venir au Trophée des quatre provinces ? Tu pourrais voir le bel effet que va produire ton costume !

– Mon Dieu, non ! Il me suffit de penser à toute cette glace pour que me viennent des douleurs dans la jambe…

Toujours une excuse… Tant pis !

Dans ma famille paternelle, l'allergie aux compétitions doit être génétique. Je m'en aperçois lorsque je descends dans la cuisine de la pâtisserie pour parler à mon père. Il est en train de décorer un gâteau à l'aide d'une poche à douille. Quand je lui demande s'il viendra me voir samedi, il relève la tête :

– Tu n'es pas déjà allée à une compétition, samedi dernier ?

– Il y a deux semaines, papa ! Et à la Coupe de l'espoir, ce n'est pas moi qui patinais ! Là, par contre, c'est ma compétition !

– Je le savais ! Je savais qu'un jour ou l'autre tu entrerais dans la spirale infernale des compétitions, et que nos week-ends seraient sacrifiés ! Je ne comprends pas pourquoi tu y tiens tant… Tu dis toujours que tu patines seulement pour t'amuser !

–Oui, mais je dois me mettre à l'épreuve de temps en temps. D'après Agathe, je me suis beaucoup améliorée…

Soudain, il presse trop fort la poche à douille : un pâté de crème se forme sur le gâteau.

–Tous les parents ne se tournent pas les pouces le week-end ! Il y a aussi des imbéciles comme moi qui travaillent le samedi et le dimanche !

–Pourtant, tu es allé aux compétitions de natation d'Alex !

–Parce que ça se passait tout près d'ici ! Pour le patinage, en revanche, il faut aller je ne sais où et perdre toute la journée !

–Ah oui ? Venir me voir est une perte de temps ! Merci, ça fait plaisir !

Je claque la porte de la cuisine et traverse en courant la pâtisserie pour me réfugier chez moi, à l'étage. Mais ma mère me retient par le bras et m'attire derrière le comptoir :

–Je t'avais prévenue que ce n'était pas le moment de parler de tes histoires de compétition à papa : il est fatigué.

– J’en ai marre ! Il n’a jamais de temps pour moi ! Les parents des autres Perce-Neige les suivent partout, et moi…

Ma mère me regarde, perplexe. J’ai menti : en fait, seuls quelques parents assistent aux compétitions. Ulrike ne peut compter que sur sa gouvernante ; le père de Marius ne veut pas entendre parler de patinage ; Violette, elle, passe toujours après sa sœur ; quant à Vickie, ça ne lui ferait sans doute pas de mal que ses parents la suivent un peu moins.

Ma mère me prend dans ses bras :

– Ton père aimerait bien te soutenir davantage. Voilà pourquoi il s’est mis en colère. Tu crois vraiment qu’il n’a pas envie d’aller te voir ?

– Mais il m’a parlé sur un de ces tons…

– Laisse-lui le temps de se calmer, il va trouver une solution.

– Derrière un champion junior, il y a toujours une famille qui se tue à le soutenir, déclare Violette d’un ton solennel. Je sais de quoi je parle !

– Alors, je suis dans de beaux draps..., commente Marius.

– Tu es l'exception qui confirme la règle, dit Violette. Et puis, Evgeni Plushenko, ton idole, avait lui aussi une famille compliquée.

– C'est vrai, mais, au moins, son père allait le voir en compétition.

Aujourd'hui, nous répétons pour la dernière fois nos programmes pour le Trophée des quatre provinces. La Coupe de l'espoir nous a ragaillardis. L'excellente performance de Rebecca a fait beaucoup de bien à la réputation de la Magic. Attention, notre école n'est quand même pas au sommet ; disons à mi-parcours : il faut qu'elle continue sur sa lancée ! Et les Perce-Neige veulent apporter leur contribution !

Au Trophée des quatre provinces, ce sont les écoles concurrentes qui s'opposent entre elles, pas les élèves. On devra donc unir nos efforts pour obtenir un bon classement collectif.

Ulrike a le plus beau programme. Elle patinera sur un magnifique morceau de piano, la *Première arabesque* de Claude Debussy. Solène va réaliser l'un de ses rêves : patiner, vêtue de rose, sur la valse de *La Belle au bois dormant*. Pour Violette, Agathe a choisi une sélection de morceaux du compositeur Frank Mills, et pour Vickie, la *Sonate au clair de lune* de Beethoven. Marius n'est pas très heureux de patiner sur le thème de *Harry Potter* : il trouve que ça fait bébé. Pourtant, notre Marienko est parfait en petit magicien !

À force de les écouter encore et encore, nos thèmes musicaux nous sortent par les trous de nez ! Aujourd'hui, pendant une interro, ma maîtresse, Mme Lemaire, m'a grondée parce que je chantonnais. Pas mon morceau, celui d'Ulrike.

– C'est affreux ! Si tu veux chanter faux, vas-y, mais ton morceau, pas le mien ! a-t-elle gentiment commenté.

– J'en ai jusque-là, du mien ! Si je devais faire une liste de souhaits, je mettrais en premier : « Ne plus jamais entendre *My favorite things* » !

En deuxième, j'écrirais : « Faire un double salchow comme Solène ». Ses rotations sont parfaites, ses atterrissages impeccables.

J'enquête auprès de l'intéressée :

– Quel est ton secret pour faire des sauts aussi réussis ?

– J'imagine qu'Armand me dit : « Tu me plais énormément ! »

– Ah, dans ce cas, moi aussi je sauterais. Mais de peur.

– Tu te fais de fausses idées sur lui ! Pourtant, s'il ne nous avait pas averties, on n'aurait jamais pensé à aller encourager Rebecca à la Coupe de l'espoir. Il nous a beaucoup aidées !

Solène change soudain d'expression :

– Regarde Vickie. Elle a encore loupé sa pirouette. Si elle patine comme ça demain, on n'a aucune chance.

– C'est vrai, elle ne tient pas debout. Elle est fatiguée à ce point-là ?

– Si on demandait conseil au doc ? suggère Solène.

Je souris :

– Tu crois qu'il a une amulette africaine anti-fatigue ?

– Non, mais il pourrait nous donner quelques conseils pour aider Vickie…

Nous profitons d'une pause pour faire un saut dans le bureau de Pierre et lui raconter le problème. Il se passe une main sur le front :

– En Afrique, je soigne beaucoup d'enfants stressés. Toutefois, leur souffrance provient de la pauvreté et de la guerre, pas d'un trop-plein de loisirs…

– Allez, doc, pas de sermon, Vickie a besoin d'aide…

– D'après moi, elle devrait…

Soudain, son téléphone sonne :

– Oui ? Ah, salut ! Non, de quoi tu parles ? Quoi ?! Je vais regarder les infos…

Le visage de Pierre est devenu grave. Il clique sur la souris de son ordinateur. Son inquiétude semble redoubler :

– Mon Dieu, c'est atroce ! murmure-t-il au téléphone. Oui, je connais la zone. OK, dès que je peux. Je prends immédiatement contact avec le coordinateur. Je te tiens au courant.

Pendant qu'il parle, il tourne vers nous l'écran de l'ordinateur. Nous lisons : *Information de dernière minute. Afrique : tremblement de terre au Congo, de nombreux morts et blessés.*

– Les enfants, excusez-moi, mais je dois m'occuper de choses plus graves.

– Tu vas repartir, doc ? demande Solène.

– Oui, ils ont besoin de secours. La situation est déjà difficile en temps normal, alors imaginez un peu dans de telles conditions... Je crois que mes petites vacances sont bel et bien terminées.

Il s'interrompt. Valérie, très pâle, se tient sur le seuil de la porte. Je fixe Solène. Elle a compris, elle aussi : on se lève pour sortir.

Quelques instants plus tard, nous passons devant le bureau de Max. Il ignore que, encore une fois, son rêve de père est sur le point d'être remis à plus tard.

10. La mélodie du bonheur

Le deuxième voyage dans le bus de la Magic se déroule dans une ambiance moins insouciante que le précédent. Les Perce-Neige sont au grand complet et déjà concentrés sur la compétition. Alex, Rebecca et Déborah nous accompagnent.

Finalement, mon père va venir me voir:

le Trophée des quatre provinces a lieu dans une ville située à moins d'une heure de voiture de chez nous. Il restera à la pâtisserie jusqu'au dernier moment, puis il confiera La Viennoise à Mirka, sautera dans sa voiture et arrivera à la patinoire au début de la compétition.

Le père de Marius, lui, ne viendra pas. Comme d'habitude, il a dit qu'il essaierait de se libérer, mais il n'est jamais là. Avant, Marius en souffrait ; maintenant, il est résigné.

Max, Pierre et Valérie ne viendront pas non plus. L'avion de Pierre décollera à 16 heures ; Valérie et Max vont l'accompagner à l'aéroport. Valérie aurait voulu partir avec Pierre, mais il lui a demandé de rester : là-bas, on a besoin de médecins et de travailleurs humanitaires.

Nous lui avons dit au revoir sur le parking de la Magic.

– Ne faites pas cette tête-là, je vais revenir bientôt ! s'est-il exclamé. Bonne chance pour la compétition, mais vous n'en avez même pas besoin : vous êtes fantastiques !

– Toi encore plus, a dit Violette en le serrant dans ses bras.

Avant de monter dans la voiture, Pierre s'est adressé à nous en jetant un regard vers Valérie.

– Patinez avec elle de temps en temps, nous a-t-il recommandé à voix basse.

– Je m'étais habitué à lui, nous confie Ulrike, alors que le minibus conduit par Agathe file sur l'autoroute.

– Moi aussi, dis-je.

– Quel beau couple il forme avec Valérie ! ajoute Solène, l'air rêveur. Quand ils se marieront, on pourrait se proposer comme demoiselles d'honneur !

– Ada et moi, nous serons peut-être occupées avec un autre mariage, plaisante Violette en indiquant Alex et Rebecca, assis l'un près de l'autre au fond du bus.

– Vous ne pouvez pas parler d'autre chose ? s'agace Marius. Regardez Vickie : elle est sage, elle !

Vickie est tournée vers la fenêtre et elle se ronge les ongles. Je m'approche d'elle :

– Ça va ? Tu as mal au cœur ?

– Si je rate un élément pendant la compétition et que la Magic perd à cause de moi, je ne me le pardonnerai jamais, murmure-t-elle.

– Allez, sois positive !

– Et vous m'en voudrez. J'aurais dû m'entraîner plus. Mais je n'ai pas eu le temps…

– Tu parles comme si ça c'était déjà mal passé !

– C'est aussi ce que je lui dis, intervient sa mère, assise à côté d'elle. Allez, mon trésor, un peu de tonus ! Vouloir, c'est pouvoir.

– Traduction : si sa mère veut, Vickie peut, commente Violette tout bas.

– Terminus ! annonce alors Agathe. Nous sommes arrivés !

Les adultes interrompent le tournoi de poker organisé par Déborah et nous nous préparons à descendre.

On regarde l'ordre de passage. Quatre

écoles sont en lice pour notre catégorie. Nous avons peu de temps pour les entraînements et encore moins pour nous préparer. Mais, ici au moins, un espace nous est réservé dans les vestiaires, et les autres filles nous traitent avec respect. Enfin presque.

– La Magic ? Quelle chance : vous allez être favorisés ! s'écrie une fille de l'*École du patin d'argent*.

Violette fronce les sourcils :

– Pourquoi ça ?

– Deux des juges étaient à la Coupe de l'espoir. Ils vous donneront un coup de pouce. Ils doivent se faire pardonner pour l'autre jour…

Je grogne :

– Nous n'avons pas besoin de coup de pouce !

– Mais bien sûr…, réplique la fille, tout en arrangeant sa coiffure.

Nous sommes prêtes et très émues. Comme Solène est jolie ! Vêtue de son tutu rose, les cheveux blonds relevés en chignon, elle semble tout droit sortie d'un conte de fées. Même Marius, que l'on croise à la sortie du vestiaire des garçons, semble ébahi. Mais, rapidement, il fait un pas en arrière : Solène a les mains couvertes de paillettes.

– Ne me touche pas avec ce truc, OK ?

Elle tend les mains en riant :

– Qui veut briller un peu ?

– Tu es la Belle au bois dormant ou la Fée clochette ? plaisante Violette.

Je m'éloigne de Solène :

– Pas de paillettes pour moi : je suis censée être une orpheline des années trente !

Ulrike porte une petite robe blanche, brodée de noir. Elle accepte seulement quelques paillettes sur sa tresse blond cendré.

Solène se tourne vers Vickie :

– Toi, tu aurais surtout besoin d'un peu de fard à joues.

En effet, son costume jaune s'accorde bien avec la *Sonate au clair de lune*, mais pas avec son teint pâle.

– Je m'en fiche ! De toute façon, je vais être ridicule, dit-elle d'un ton morose.

C'est le moment de sortir de mon sac mon arme secrète :

– Des pralines confectionnées par mon père !

Violette se précipite dessus :

– Voilà qui va nous donner de l'énergie !

La troisième concurrente attend ses notes dans le *kiss and cry*. La *Diamond's School* est en tête du classement.

Solène, la première patineuse de notre équipe, entre en piste, après avoir écouté les dernières recommandations d'Agathe. Soudain, un cri s'élève dans le public :

– Allez, Soly !

C'est la voix puissante de Déborah, reconnaissable entre toutes. Elle entraîne les autres mères de la Magic dans un show digne des meilleures pompom girls !

Solène fait un tour de piste, puis elle entame sa chorégraphie sur la valse de *La Belle au bois dormant*. D'après moi, quand Tchaïkovski l'a composée, il pensait à une patineuse. Une patineuse gracieuse et fluide, comme Solène. La musique semble naître de chacun de ses mouvements, de son sourire, du léger flottement de son costume rose. Dans le public, les enfants la regardent, fascinés.

Son score est élevé. La Magic passe deuxième du classement, devant l'*École du patin d'argent* et l'*École des glaces*.

C'est au tour de Violette. Elle patine sur une musique légère et moderne. Sa nature sympathique compense les lacunes techniques. Elle tombe – ça devait arriver ! –, mais ne se démonte pas et se relève avec le sourire. Rebecca sourit, elle aussi. Avec ses parents, elle brandit une banderole où l'on peut lire : « *Violette, tu es la plus forte* ! ». Et c'est sûr, Rebecca est sincère.

Maintenant, nous sommes troisièmes, mais on ne nous souffle la deuxième place que de très peu.

Plusieurs patineurs très forts passent ensuite. Cependant, quand Marius donne le meilleur de lui-même, il est inégalable. On a du mal à le suivre, tant il est rapide et nerveux. Et comme, aujourd'hui, le public est parfaitement impartial, il récolte des applaudissements avant même d'avoir terminé.

Son excellent score projette la Magic à la première place. Dans les gradins, sa mère se lève pour l'applaudir. Marius lui sourit pour vite reprendre son éternelle expression à la fois fière et colérique.

C'est à Ulrike d'entrer sur la piste. Ses sauts ne sont pas extraordinaires, mais quel style ! Elle exécute des sauts parfaits, et son maintien est impeccable. Malheureusement, la candidate qui est passée juste avant elle est la plus forte de l'*École du patin d'argent*. En comparaison de son programme sur *Bamboleo* des Gipsy Kings, l'élégante *Première arabesque* d'Ulrike semble insipide. Les juges pénalisent notre amie à cause d'une réception approximative, et nous retrouvons la troisième place du classement.

Bientôt ce sera au tour de Vickie. Nous sommes tous très inquiets, mais il est hors de question qu'elle s'en aperçoive : ce n'est pas de sa faute si elle n'est pas en forme. Elle nous lance un regard désespéré.

– Je sens que je vais tout gâcher, gémit-elle, en se tordant les mains.

Je la prends par les épaules :

– Pourquoi pars-tu déjà perdante ? Allez, Vickie, courage !

Agathe pince les lèvres. Est-elle tendue, en colère, ou éprouve-t-elle de la compassion pour Vickie ? Peut-être les trois à la fois.

– Vas-y, Vickie !

Notre amie ferme les yeux, inspire profondément et pénètre sur la piste. Elle est blanche comme la glace.

On entend les premières notes de la *Sonate au clair de lune*.

Vickie commence à patiner. On sent qu'elle est stressée. Son visage ne transmet ni joie ni émotion, seulement de la lassitude. Elle accumule les erreurs. Agathe secoue la tête. Cependant, quand Vickie a terminé et s'assied dans le *kiss and cry*, notre entraîneur ne lui adresse aucun reproche : elle lui caresse les cheveux et s'installe à côté d'elle.

Comme prévu, sa note est faible. À présent, nous sommes quatrièmes et derniers. Impossible de rattraper la *Diamond's School*. Vickie éclate en sanglots.

– Un coup de pouce des juges n'aurait pas été de refus, murmure Violette.

– Ils nous l'ont donné, tu sais, réplique Marius, impitoyable.

Alors que Solène et les autres consolent Vickie, j'ai tout à coup une crampe à l'estomac. Je suis la dernière à patiner pour la Magic. Le résultat final de l'école dépend de moi.

Les pompons bleus et argentés s'agitent dans les gradins. Je fais un tour de piste pour m'échauffer et passe devant le groupe de la Magic qui se déchaîne. Oh, Max et Valérie sont là aussi, finalement ! Ils doivent être venus directement de l'aéroport, après avoir accompagné Pierre. Et surtout, j'aperçois

mon père. Il a les traits tirés, mais il me sourit et me lance un baiser du bout des doigts. J'avais si peur qu'il n'arrive pas à temps, retardé par un embouteillage ou une panne de voiture ! Et non : il est là, et pour moi ça n'a pas de prix. Cela signifie qu'il n'est pas borné comme le père de Marius ou distant comme celui d'Ulrike. Mon père est fier de moi. Il va voir ce dont je suis capable !

Aux premières notes de *My favorite things*, je m'élance sur la piste. J'enchaîne un double salchow et un boucle piqué, puis une suite de pas. Le moment est venu d'exécuter une pirouette assise. Aucun risque de vertige : il me suffit de fixer un point de repère… et devinez un peu qui j'ai choisi dans le public !

– Pour Ada… Hip hip hip ! Hourra ! s'écrie Solène.

Dans le bus de la Magic résonnent des cris de joie et des applaudissements.

Deux heures à peine se sont écoulées

depuis ces quelques instants inoubliables passés dans le *kiss and cry*, et ces images ne cessent de tourner dans ma tête : l'annonce de mon score, le plus élevé aussi bien sur le plan technique qu'artistique ; la Magic qui saute de la dernière à la deuxième place du classement ; les Perce-Neige et Agathe qui me rejoignent pour me serrer dans leurs bras.

Tout cela me semble déjà si loin.

Avant de partir, nous nous sommes arrêtés pour dîner dans une pizzeria. Tout le monde me voulait en bout de table, à la place d'honneur, mais j'ai refusé. Après tout, Solène et Marius le méritaient autant que moi. Je me suis assise près de Vickie. Elle s'efforçait d'avoir l'air enjouée, mais, dans son regard, j'ai lu qu'elle était complètement démoralisée.

– Allez, Vickie, ça arrive. Peut-être qu'à la prochaine compétition je ferai des bêtises, et c'est toi qui sauveras la situation.

– Je ne sais pas s'il y aura une prochaine fois pour moi. Ada, je veux arrêter…

– Oh non…

– J'ai trop d'activités, je n'arrive plus à tout faire. Je n'abandonnerai jamais la musique, et, entre la danse et le patinage, je préfère la danse. Ça me fatigue moins, et il n'y a pas autant de compétitions.

Je l'ai prise dans mes bras :

– Fais une pause, mais n'arrête pas complètement. Tu as entendu ce qu'a dit Agathe ?

– Qu'après l'été elle voudrait former une petite équipe de patinage synchronisé ?

– Oui ! C'est une idée de Valérie, mais Agathe et le Boss ont tout de suite accepté ! Dans les prochains jours, on va prendre nos mesures pour le costume officiel aux couleurs de la Magic, bleu et argenté. Ce n'est pas le moment de nous abandonner. Pense à combien ce sera chouette de patiner tous ensemble !

Vickie sourit :

– Oui, ce serait sympa… Je vais y penser ; je ne te promets rien.

À présent, Vickie s'est endormie. Sa mère, assise à ses côtés, lui caresse les cheveux.

En revanche, quelqu'un est en train de tirer les miens :

– Ça suffit, Alex ! Pourquoi tu n'es pas monté dans la voiture de papa et maman ?

– Ici, les gens n'arrêtent pas de te féliciter et de célébrer ton succès : il faut bien que quelqu'un t'embête un peu, sinon tu vas prendre la grosse tête !

– N'importe quoi ! De toute façon, je ne suis plus celle qui a patiné cet après-midi, je me sens... vidée, dis-je.

– C'est la pression qui retombe...

– Non, c'est autre chose. Je n'ai pas l'habitude des compétitions. Elles sont si... injustes ! Pendant seulement quelques minutes, tu mets tout en jeu. Et à la fin, certains gagnent et d'autres perdent, certains sautent de joie et d'autres pleurent. C'est cruel...

– Bah, si c'étaient les seules injustices du monde..., commente Alex.

– Je suis bête, hein ?

– Non, tu es seulement sentimentale…

Je saisis la balle au bond :

– À propos, pourquoi tu n'es pas assis à côté de Rebecca ?

– Je ne vois pas le rapport…

– J'ai l'impression que vous vous entendez très bien…

– Tu vois ! Qu'est-ce que je te disais ? Tu es sentimentale. Il a suffi qu'on se parle deux minutes pour que tu te fasses déjà des films. De toute façon, les rousses, ce n'est pas mon genre.

– Ah oui ?

Alex se retourne brusquement et se retrouve face à Rebecca.

– Qu'est-ce que tu as contre les rousses ?

Mon frère ne sait plus où se mettre. Je dégaine un de mes sourires innocents :

– Il n'a pas dit « rousse », mais « rouge » : il parlait des Ferrari.

Alex reprend :

– Elles consomment un litre d'essence pour deux kilomètres ! Tu imagines un peu l'empreinte écologique ?

– L'empreinte écologique… C'est-à-dire ? demande Rebecca.

Ouf, elle est tombée dans le panneau ! Aussitôt, je me lève pour quitter mon siège :

– Je crois qu'Uli veut me dire quelque chose. Assieds-toi à ma place, Rebecca.

Alex m'adresse un sourire reconnaissant.

S'il croit qu'il va s'en tirer à si bon compte, il se trompe !

Retrouve vite Ada
dans le prochain tome de :

Miss Frizz

4. Glace d'été

–Allô, maman ?

–Ada ! Enfin ! Comment ça se passe ? Tu es bien installée ?

–Mieux que ça ! Solène et moi, on a une très belle chambre !

–La nourriture est bonne ? À la montagne, c'est important de se nourrir convenablement, avec ce froid…

–Je ne suis pas partie sur l'Himalaya ! On n'est qu'à 800 mètres d'altitude, et c'est l'été : il fait 25 degrés !

–Et la nuit, tu es assez couverte ?

–Oui, j'ai même trop chaud : on a des grosses couettes…

–C'est malin : tu vas transpirer, puis

prendre froid… J'aurais dû mettre des draps dans ta valise !

– Pourquoi pas un matelas, pendant que tu y es ? Arrête de t'inquiéter !

– Ada, c'est la première fois que tu quittes la maison pour une période aussi longue et… Mais tu as raison. Alors, de quoi ont l'air Tania Kozmina et Boris Blasi ?

– Je ne sais pas, on n'a pas encore rencontré les professeurs ; le stage ne commence que demain.

– N'oublie pas de te faire dédicacer le livre de Tania, *J'ai écrit « amour » sur la glace* : je l'ai glissé dans le grand sac vert.

– Maintenant, je comprends pourquoi il pesait une tonne ! Comment vont Alex et papa ?

– Ton frère est insupportable, il dit que tu as emporté ses plus beaux T-shirts. Et tu manques déjà à ton père, il n'arrête pas de ronchonner. Selon lui, on aurait mieux fait de t'offrir un ordinateur plutôt qu'un stage de patinage pour ton passage en 6e.

– Sacré papa…

– Tu as une drôle de voix… Tu es certaine que ça va ?

– Oui, oui…

– Tu te souviens de ce que je t'ai dit ? Au moindre problème, tu me passes un coup de fil, et je viens immédiatement te chercher.

– Tout va bien. Je t'assure que je m'amuse. Mais ça m'embête de devoir te téléphoner avec le portable de Solène : ici, je suis la seule à ne pas en avoir un à moi…

– On en a déjà parlé : tu es trop jeune pour avoir un portable. Si tu ne veux pas utiliser celui de Solène, tu peux appeler d'un téléphone fixe. Il doit bien y en avoir un dans la pension, non ?

– Oui, au rez-de-chaussée, à côté des toilettes. Si quelqu'un tire la chasse, on n'entend plus rien. Bon, je dois te laisser : Solène a fini de prendre sa douche, et je voudrais me débarbouiller avant le dîner.

– Au revoir, ma chérie. Tu me le dirais s'il y avait un souci ?

– Oui, maman. Bisous à tout le monde, je rappellerai demain.

– Bonne soirée, ma cocotte. Fais attention à toi… Et pense à la dédicace…

À peine ai-je raccroché que j'ai envie de rappeler. J'ai envie de lui dire : « J'ai menti, maman, ça ne va pas du tout. Je ne suis arrivée qu'hier soir, et je n'en peux plus. Vous me manquez tous énormément. Ramène-moi à la maison ! »

Mais, je ne peux pas le faire. J'aurais trop honte, après avoir tant insisté pour que mes parents m'inscrivent à ce stage. J'entends déjà leur réponse : « Comment, Ada ? Ce n'est pas ce que tu voulais ? Dix jours avec ta meilleure amie dans un Palais des glaces de contes de fées, au cœur d'un charmant village des Alpes ? Des champions comme Tania Kozmina et Boris Blasi pour professeurs ? Tout pour t'immerger totalement dans l'univers du patinage ? N'est-ce pas toi qui disais : " Qu'importe si je suis loin de ma famille ! Grâce à ce stage, je ferai partie de la grande famille du patinage… " ? »

Et quelle famille…

Un fantôme enroulé dans une serviette traverse la chambre.

– J'avais hâte de retrouver l'eau d'ici ! Avec elle, les cheveux restent doux, même sans après-shampooing ! Rien à voir avec celle de la ville !

– C'est sans doute parce qu'elle est moins dure.

Le joli visage de Solène émerge de la serviette de bain :

– Comment ça, « dure » ? L'eau, c'est toujours liquide, non ?

– « Dure », ça veut dire qu'elle contient beaucoup de calcaire.

– Ah, d'accord…

Je lève les yeux au ciel et cours me glisser sous la douche. Je connais Solène depuis cinq ans. C'est ma meilleure amie : on est tout le temps à côté en classe, et on fait toutes les deux partie du groupe des Perce-Neige de la *Magic Ice School*, notre école de patinage. Et pourtant, je ne comprends toujours pas pourquoi elle s'amuse si souvent à jouer les idiotes.

Je n'ose pas lui dire que c'est à cause d'elle si je n'ai pas le moral. C'est la première fois que je participe à un stage de patinage pendant les vacances, et j'ai un peu de mal à trouver mes marques. Solène, en revanche, vient ici pour la troisième année consécutive. Elle a déjà des copines : des filles à papa qui me regardent de haut. Et mon amie ne fait rien pour les en empêcher. Comme hier après-midi, par exemple.

On venait d'arriver. Marianne, notre monitrice, nous a emmenées voir le Palais des glaces où se déroulera le stage. Toutes les cinq secondes, Solène croisait l'une de ses vieilles connaissances, et elle se mettait à pousser des cris stridents. Ici, toutes les filles semblent faites sur le même moule : blondes, filiformes, et maquillées comme des ados de quinze ans. Elles ont des voix de souris et des noms farfelus.

– Diamantine !

– Solène ! Tu sais que Hermine vient aussi ?

– Oui, mais Aglaé m'a dit qu'elle n'arrive que demain. Et Cassiopée ?

– Qui ça ? Ah, je vois : elle et moi, on ne se parle plus… Je te raconterai si tu veux… Hé, Polissène ! Solène, regarde : Polly est là !

Et ainsi de suite…

Moi, je suis restée là, sans rien dire.

À un moment, Solène, sans doute prise de pitié, s'est tout de même résolue à me présenter à ses amies :

– Voilà Ada.

Elle n'a pas dit « mon amie Ada ». Non, Ada tout court.

Diamantine (ou peut-être Cassiopée ?) m'a regardée comme si j'étais un portemanteau.

– Salut.

Retrouve Ada
et le groupe des Perce-Neige dans

Miss Frizz

Tome 1

Tome 2

Tome 3